JN116981

純心花

高畑耕治

純心花　＊目次

純心音《じゅんしんおん》　＊短詩

愛　＊横書き詩

純粋花《じゅんすいか》　＊長詩

純心音《じゅんしんおん》

＊短詩

かなしみ

かなしみにしずみ
どうにかたえ
なんとかのりこえ
ようやく

みつけたものは
かなしみでした

純心音《じゅんしんおん》

新しく、
また、生まれるのだろうか?
暗闇にのまれ消えるのだろうか?
はじめてのあわいをひとり。

海も宇宙も、羊水のよう。

花おもう

どこからともなく春だよと優しげに告げられても
脱け出せない冬眠の土の壁
かたく重くても
忘れないよう諦めないよう気をつけよう生きること

花おもう

花のことば

地に叫ぼうとして
目に触れたチューリップの
開きはじめたうすもものくちびるに

授けられたのです
穏やかな
ことば

さくら色

そばにゆけないけれど
染めあげられています
あなた色に

さえずり

小鳥たちの春の目覚めにくすぐられ
こずえやわらかに若葉も
さえずり

あかく

はかなさの
さくらまいはてやすらう
しらゆきの ち
あかく
つつじさく

あわく

生まれ変わりのようあのつつじ
透けるひかり淡くさくら色

おひさま

あ あそこにも
たんぽぽ
あお空まではずむ一年生の声
うん ありがと
やさしくほほえむ

やえやまぶき
おひさまのよう

ふじのはな

ふじのはなうすむらさきの天の川
ねがいごとのささめき余震しずまりますように

つゆくさ

藤ちりこぼれおちる地にうっすら
紫つゆくさ

ははこぐさ

いちめんのははこぐさかりとられてしずけさのあきちに
いちりん　ははこぐさ

あおいよる、こねことお月さまと

目がまたかすみだしてくれたのかこころの
汚《よご》れありのままなのかこよい
ひょっこりかきねからあらわれてくれたこねこおまえの
おめめに夜空からお月さまのかがやきもやどり
はるかなときをひさしぶりにあえたような
いつまでもきえないわずかなひとときの
まぼろしの
しあわせおぼろな
あおいよる
こねこおまえと
お月さまと
息をしたことばかりは

うしなわれないようなきがします

さつき

ひらき初夏
あかあか
ひかり
ひびき

さつき空

ゆうひさつき空

えみ

雨に花みどり微笑《え》み

夕

夕凪にのる

バクダン焼けの空

日本国憲法の東京郊外
おだやかなしずかな大好きな空いつのまにか
どこいった?

朝も昼も夕方もお月さまやさしい夜にさえ
おぞましい
軍用ヘリ戦闘機
ゴオごおバリばりドド　ど　ど　ど
漫画の吹き出し
じゃないなんてなんて
悲しい
空

七十数年前ワガモノガオに
爆弾まきちらした
ビィ25バリに

飛べ戦え

コロされないようさきに
コロしにいけ

命じるものが
どうしようもないヒトデナシだとしても

羽ばたきは空へ
憧れを
はこぶものではなかったか？

武器弾薬搭載機に
のっているのは
のせられていくのは
コワしにいくマチのイエに
生きているのは

人ではないのか？

花束

校庭のみえる交差点
横断歩道わきのガードレール
結び置かれた
花束
枯れていて

小学校から遊び声
空いっぱいに
こだまして

とどきますように
咲き香りつづけますように
悲しみの
花

ささげられた子
いつまでも

想われている
子

花かげ

あじさいの花かげ
かたつむりとあゆむ

月かげ

きみのほお
しずくに三日月

らせん四季

木《こ》の間ないてくれたひと声
ホトトギスに

草の間枯れずみつけてくれた
ネジバナ淡いぴんくに

へこたれながらもこりずにまた
四季らせん階段
ひとめぐり教えられ
梅雨の雲間

足もと踏みはずし転落
せずにまだ
ほんのすこし
お空ちかくまで

くらくらくるる

ごらんほら
のぼってゆくのは
落ちてゆくのは
天も地も
ゆくえもしれない
星の間
銀河の腕
遥かならせん

星鳥《ほしどり》ホトトギス鳴き
愛《かな》しい
星花《ほしばな》ネジバナ咲き
優しい
ふしぎなりんね
宇宙四季

くるくらうるる
るらるるるる

天の川

短冊

七夕のうた
うたえず悲しい

まちで短冊ささの葉に
おんなのこたち
笑顔とても
優しかったから

結ばれますように
むねのおくの
ちいさな願い

天の川せせらぎ

あおぎ
みみすます

音楽

言葉うまれない曇り日
こころ夜空みあげる

天の川
ながれる音きこえたのは
わたしだけじゃ
ありませんでした
こどもだけじゃ
ありませんでした
ひとりだけじゃ

ありませんでした
あなたの
はるか
美しい
音楽
きこえたのは
きこえるきがするのは

夏

かなかな鳴きだしサルスベリ陽炎《かげろう》ああもう夏も終わる

望みの、朔《さく》

夕空白い欠けら
三日月
失望という悲しい言葉
もらすときでさえ
望みをひとは
知っている

絶望の
朔
新月ですら
望みの
始まり

もろともに
滅亡にひきこみたがる
盲目の群れにもひとは
いる

かげりまだ幻の
望月《もちづき》
望むひとのひとりで
いよう

夜空欠けてさやかに
三日月

瞳

まどろむ想いの種子に
おどろき
ときめき
感動の
雨とひかりの精
ふりそそぐとき
詩はやどる

おもいつきだけ
ならべた文字は
まぶたとじたまま
みつめようとしても
ねむくなるだけ

肩書き撒き散らしても
乾いて土はかちこち
干からびるばかり

はじけるひかり
ふるえる雨粒《あめつぶ》のしめりに
芽吹きしずかにせつなげに
詩はそっと

瞳ひらく

しおん

ふりしきりうちよせるＳＨＩ音《おん》のしぶき
うちかえす意識の響き
セミの音《ね》の白い祈りに
静もりうすれ

羽根ひろげ涼やかに

空へ
あのあおのかなしみの
海へ

水玉

霧雨ひそやか
小鳥もセミも今朝は
ひっそり

しめやかな草の葉に
あちらこちら
水玉のお花

にっこり

雨ばかりは

こらえきれず雨雲からあふれ落ち
雨ばかりはふりつづけ

悲しい悲しい悲しいと悼みのしずく
木《こ》の葉に土にこぼしつづけ

痛かったろう怖かったろう苦しかったろう
生まれ罪なく濁らず
微笑みくださったあなたなのになぜ

傷つけられ

雨ばかりは痛い痛いと
悲しみ叩きつけ流しつづけ

こだま

雨ばかりは弾けてあちらこちらいちめん
きれいな水玉きよらかなあなた
うつしやどしゆれうたいつづけ

つゆあけ夕空

つゆあけ夕空みずいろうっすら水彩えのぐ
白あわくとけ頬いろぴんく

染められすわれすくいあげられ
かちこちこころパレットさえ
やわらかにパステル

こだま

なみだもとけているのでしょう
あんなにきれいな
なみだにあなたもいるのでしょう

海恋《うみごい》

まぶしく輝く夏の
海

アンダーコントロール宣言凍土壁も
ウソ穴だらけ
とめないとめられない
放射能汚染水
垂れ流しつづける
列島の岸辺にも
沈み高まり
うち寄せる波

永年有害廃墟
いつか記憶だけに
消しさる日に
よみがえる渚

しぶきひかり
しらべなつかしい夏の
海を
恋う

かわらなでしこ

はかないはなびらかよわくかぜくすぐるうすももとしろの
あわいにかわらなでしこあなたとゆれゆきたい

星あかりの羽根

けれどもネオンもテールランプも夜景もふり棄て街路樹
の梢からふいにちりちり泣き発ち羽ばたいたセミあなたの
羽根は星あかり浴び透けてまるで銀河の編み目模様なんて
美しく愛《かな》しすぎる天の川なのでしょうさようなら

原爆のあの地に

原爆のあの日あの地に

人
ひとりひとり

子猫も子犬も小鳥も

初秋

雲
うすれゆき
秋
雲のあわい
あお
うっすら
みずうみ
ふ
ふ
ふ
ふ
お
ふ
ね
も
ん
白
蝶

静楽器

疲労のまま横たわる土管
重くだらけた空っぽの棺《ひつぎ》
耳たぶのおくf字孔へ
しらべふりそそぎ
うすっぺらな膜の鼓《こ》そっと
こすりくすぐれば

のうみそは
銀河
くびれたネック
くぐりぬけたむこう
なんにもない虚しさの
暗がり空洞の筐体《きょうたい》すら
愛《かな》しい楽器
夢幻《むげん》の
宇宙音楽の
旅
かってに奏ではじめ
響きやまない

こだま

しらべ流れ星
むやみにふりしきり
ひっそり
ひとり音楽祭

きしんでもいたんでもこわれてもまだ
こころ楽器なることにだけ
救われる夜もありました

なんにもなくても
なんにもみえない
あさもひるもよるも

音楽ばかりは流れ星でした

秋雨

秋の雨セミの鳴き殻流されて虫の音は高鳴り

すがた

であえた、

わかれてしまう、
永遠に、

ずっと。

このこと、
ほんのすこし、
静かに想えたなら。

憎みいがみあってしまう、
このこころ、
ひとでしかありえない、

すがたさえ、

どこにか。

溶かしてしまえる、
でしょうか。

月夜、フテ猫に

身じろぎもせず遊歩道のどまんなか
野良猫三毛猫フテクサレ猫
おまえ
この星のまるみのあちらの
砂漠の眠らないあいつと
いま
おんなじ姿

月光に神々しく

猫スフィンクス

無言で

いのち
問う

笑み

見失いかけてた笑み夜の空に
三日月

成長

成長痛があるように。
成長できない痛もある。

恋

いつも初恋

羽根

まだらな自嘲のりんぷんまぶされた蛾のように
もげそうな羽根まばゆく飛べますように
祈りは飛翔
空と海のあおのあわいをえぐるイカロスの
螺旋に焦がれるまま

痛みを

痛いので痛みを
しるひとに救われる
痛みしるひとに
あいたい

いま

歌物語を
生きる

秋の瞳

ひと夜にして野に朱の瞳
彼岸花

赤い実なんの実

真っ白な鈴なりの
花の音《ね》のささめきも
おぼろな春風のもう記憶

生まれ変わり鮮やかに
朱色の連なり
すずやかな初秋の
風の音《おと》かなでる可憐な
風鈴あの

赤い実なんの実？

葉かげに儚げ
スズランのように
ドウダンツツジのように
まるくやさしく
鳴るちいさなあの

秋の実なんの実？

おしえて小鳥

狂い咲き

真っ赤な曼珠沙華《まんじゅしゃげ》の血も

瞬く間に
ちりちり地に消え
木枯らしの緑に灯る
サザンカ
でもないのに

人工なま暖かな
のぞまれない
わけのわからない
ごまかされた
ばちがいの
まちがいの
狂い咲き

でたらめな四季に
ツツジ
真紅にまばらに
虚しく儚く
あやしく
美しく

枯れ
焦げ茶まだらに

ゆめの

くよくよくよくよおもい悩むばかりのわたしは
ゆめをみましたゆめのなかで

この世は苦だ苦だ苦だ苦だと
イエスも仏陀もくりかえしくりかえし諭されるので

この世を苦に苦に苦に苦におもわずにいられないわたしは
苦しくとも救われたいゆめから目覚めたいと

しくしくしくしく泣いてばかりおりました
ぼろぼろのみっともないわたしからさえ

しずくばかりはしずかに
ぽろぽろほろほろ
ちいさなまあるいお月さまをいくつもいくつも宿して

ちっぽけなわたしの苦しみをさえ見捨てず
ゆめのあなたへと

いざなってくださるのでした

純粋

むじゅん

無重力無意味無色無音
みつけたいみつめたいみみすませて
むじゅうりょくむいみむしょくむおん
あこがれながるるままいみもなくやさしさはるかな
純色純粋律

いみ

あらわせる言葉もないのに
おいかけてしまう
つかむ手のひらに
とけてしまう
生きている
いみ
うっすらきえてゆく
ゆき
こごえてもただ
すき
みつけたいみつからない
純粋な
いみ

秋桜《コスモス》

はかなくゆれかれてあなたもかなしみのコスモス
うすあおのそらかぜにふりむくあなたとおくふじの白雪

そふとくりぃむ

雲と溶けゆきどこへやら富士の白雪そふとくりぃむ

りんね

木《こ》の葉はらはらなみだりんねする

鈴

木《こ》の葉の鈴の音《ね》がきこえる

ふりつむ

枯れ葉すずの音《ね》しんしんしんふりつむ

しらさぎ

なぜとぶのうっすらみずいろふゆぞら
ゆっすらはばたいてゆくしらさぎ

なみ

かなしくてしかたなくて
しずんでゆくしかなくて
なみだにとけておぼれて

それでもそれも
ちいさな
海

ぬらしたいあなたにとどかない
なみだなんて
かなしくうちかえす音楽の

なみにあげる
ゆうなみゆううつ
美しい髪
めんでるすぞおんの
ばいおりん

ほそく
息とめ
なみになる

ひかりのみずおと

いずみ

すいあげられるねがいのいずみ月すみわたり

いくとしつき
この地の

いのちの瞳すすぎ

しずく

月きみの純粋のしずくはねちりあそこにもほら金の星

おがわ

ゆうぐれカモも白鷺も
まあるい月きみへ飛びたち
すいこまれてゆきもういない
さみしい水面《すいめん》に
月きみのしずくしずか
ふりしきる

せせらぎやすらぎ
こんやきんの天の川
ここに

こころに

さくらいろのはね

こころ黒い硬い石ころ痛むばかりの日には

深く海の底ふかく
舞いおりてゆくねがいの幻マリンスノー
蛍ゆめめみがちにふりしきる

重く空の底おもく
落ちてゆき暗がりに発光すれば流れ星
あちちあちちあくがれる魂に
いつかなれますように

沈みきらなきゃ深海魚にはあえません
落ちてゆかなきゃ宇宙の果てにはゆけません

つらい悲しい石ころの日には
こころ遥かに旅をして
歪んで曲がってぐんにゃり蛇行し
自嘲し自壊し
沈んでゆくのか浮かんでゆくのか

どこへともなく
はらら

ばらまかれる爆弾ばかりの
恥ずかしいこの星の空にも
憎しみと嘆きの
赤黒い血にも

なみだのやわらかなはねふりつみ
さくらいろあわくやさしいこころ
救われますように

花空

みあげれば
さくら
枯れ枝はるか
冬空
白雲のまにまに

オリオン

こおる夜空オリオン
かなしいのはなぜ

銀河の、歌物語

星文字

きづくと銀河の渦の
絵巻物
生と死の星物語の
詞書《ことばが》き
黒と白の影絵
星座伝説

銀色しぶく天の川の
散らし書きの
かたすみに滴り
愛《かな》文字あわくかすれて
あなたとわたし

星風《ほしかぜ》にさらされ
紙くずと散ればふたりを
銀河は愛《かな》しく
その腕で胸に乳房に
抱きあげてくださるでしょうか

あの歌を

りんりんねんねん
子守歌を

ぐるぐるえいえん
まどいさまよう
あやまちの子どものこの
耳もとにも

りんりんねんねん
なつかしく
歌ってくださいますように

月光

月のひびきにエコーする
月のひかりに回向《えこう》する

瞳に音楽

月と
輪唱する

雪さぎ

川くもり鷺も寒そう雪だるま

氷

世界との境界の
うちから

冷えきる

胸のおく
氷
痛く
ひととしる

砕けちゃえばいいのに
凍えて
いつか溶けますように
小声で

まわた巻き毛の
あったか子犬に
水はじく羽毛
こぶねの子ガモに
やわらか黒毛の
生き別れた子猫に

あいにゆきたい

闘病

あのひとはした
わたしも
闘病する

悲しみ
愛する

分裂

わけもわからず細胞分裂
増殖し崩壊し
こころくりかえす
減数分裂

さまよい
さすらい
おいもとめるかぎり
希望はきえない

と

白鷺《しらさぎ》梅

白鷺青空ななめに翔さり
飛翔雲《ぐも》こころに
白梅《しらうめ》と咲く

寒さくぐればいいことだって
きっとある

文学

いのち、ひと、
あやうく、はかなく。
みにくく、うつくしく、
いとわしく、いとおしく。

ポエム

淡いろ初恋
赤と黒
天国地獄の虹わたる

海おんな

あんまり単調で退屈な
くり返す無限の
波の歌うち寄せる磯かげには

ひっそりぬれるフジツボ
うす紫の藤壺のように
黒髪の海草の
美しい海おんな
乳房かくすなつかしい後ろ姿

ふりむくと
砕け
しぶきあげ
花びら
散る

海呼吸《うみこきゅう》

海を吸う
もの憂い潮騒《しおさい》なつかしい波に吸われとおくへ
かえりたい

海月《くらげ》

海ゆみなりの
水平線
あお空うっすら
三日月くらげ

まるみほのか
宙《そら》の海はるか

ゆらくらら

朝

川面に鴨の親子
水紋
水面《みなも》ゆらめき
白鷺の子とフナ
光の岸辺
目覚める桃の花

愛《かな》しい絵本

あなたのひとりきりのつらいつぶやき
あんまり悲しすぎる真夜中には
宇宙のかたすみのあなたにもかならず
彼方からかみさま　星と瞬く

こどものころ　こころの
夜空に描《か》かれた
星ことばの絵本いまも
愛しくささやく

ママと

あんなに
しかられ泣きじゃくり昨日《きのう》
ママママと
しがみついてた子

手をつなぎ今朝
歌い
はずんで
幼稚園

小鳥のこころ

どこからともなく
あたたかなひかり
空から今朝
降ってきました

透明の果ての
みえないゆきのように
さえずり
こころの雪氷《ゆきごおり》
溶かしてくれた

花びらも葉もつぼみもまだ
なんにもない寒い木々の梢にも
さいしょに咲いた

かわいい
シジュウカラ
きみのうた
ありがと

こだま

にんげんしゃかいがおどろどろどろへどろでも
小鳥のこころ空を飛ぶ

詩は堕天使の祈り

堕天使沈んだ泥池《どろいけ》の底
横たえ見あげ息絶えるまぎわ
唇から最期のあわ
透きとおるあお
ぷくりぷく
らせんに輝き水面《みなも》ひらく
蓮の花

焦がれのび
成層圏昇りゆき
花びら彗星と散らし
なつかしい天に

咲きみちる白い
祈りの花

仰ぐ閉じた目じりにも
ひとひらの幻

愛読

読みたい優しい詩
せつない恋の詩
生きたい愛の詩

泥らしく、白い花と星と

宇宙の闇わけもわからず
無辺無限
でたらめに感じられても
星
ひかる

日本《にほん》社会の闇あまりに
汚くうるさく
息苦しくても
こども
笑顔あどけなく
涙
ひかる

泥池《どろいけ》の
さざ波に揺れる
星かげ
そよ風に瞬く
純白の花を

わたしも泥だと自覚し
みあげ
憧れること

悔いと悲しみの汚濁水の
腐臭の暗闇によわく
沈んでゆきながらも
水面《みなも》で結ばれた星と花を

水中《すいちゅう》に揺らめく茎を
泥底に張る細い根を
つつみ守りささえたいと

泥くさく
やわらかく
やさしく
生きること

飛べるけど

シラサギ歩くのは苦手
飛べずに歩き
つまずくしわたし

こぶしの花、鎮魂歌

筋ジストロフィーと闘病された、ひとに

あなた死にかたくこころ握り締める日に白い花

こぶし咲く

悲しいけれど
たぶん
ほんとうのこと

いい人はなぜ
はやく

闘病されていらっしゃる姿に
教えられました
ありがとう
さようなら

あなたを忘れず
生きます
ゆきます

まり

春の朝まだ寒くおめめもまんまる鳩のまり

雨傘のなか

寒い雨のデモ傘のなか立ちつくし待っている
夜空から訪れてくれる雨つぶ星のひかりいつか恋人

ねがうこと

へた

満ちる悪意の世
へたにしか生きられないあなたが悔しく
愛おしい

音

ふしあわせ？
なのに旋律こころに
ながれるときだけはしあわせ
いみのおもみなくはかない音であればあるほど

忘れない

あのひとのことば
忘れない
「死ねなかったあのとき聞こえた、
死ななかったあのとき決めた、
死ぬ最期の瞬間までは、
ねがうことあきらめない」

つぼみ

養分を。
吸わないと、いのち、

枯れてしまう。
草花と樹。みつめ、声きき、話そう。

どんな時代、季節にも、こんなわたしをとおしても、
咲いてくださいますように。

道ばたや枯れ枝の、芽吹く色とりどりの花びら、新緑に、
むけてしまう自然な、優しいきもちで。
詩の花。
感じられますように。

曇りすさみ、背けすくめうつむく、憂うつな日々。

ちいさな子どもたち、おんなの子の、
ほほえみの、なみだの花に。
きづき、足をとめ、ふりむける、
透明な風が、
訪れてくれますように。

好き。
あわく染まる瞬間が、
消え去りませんように。

つつまれやわらかに、
つつじのつぼみと、

息する。

梨の花

桜にまがうほど華やかに儚げ
はやされずひっそり
純白
まぶしくまじりけなく
静かに

白すぎてかなしい
梨の花

花も小鳥も

花も小鳥も朝はやくから眠るまで

話しかけてくれる

青い花

月のさやかな花かげの
とおい空野原《そらのはら》のあの
星の瞳に
うつるはず

ちいさな
月の花
結ばれてるこの
青い花

やまふじ

しどけなくしだれ
野でも山でもない
やぶのみどりに

どうしてうす紫
美しく咲くのか

やまふじ
なつかしい
愛するひとのいろ

あおの果て

きれいな世界
あるだろうか
どこにか

うしなわれず
あるだろうか
どこかに

みうしなわず
ゆけるだろうか

海と空の
あわい
あの
あおの果て

はだかんぼのひな

みちばたの大掃除
排水管がつまってないかと
かきだしたらなんだかごっそり
綿くずでてきたよ
灰色ふんわり
くるまれうすもも
うごいているよ
どうしてこんなところに

おやどり小鳥
もぐりこんだのだろうか
雨どいから卵
流されたのだろうか

まだ目もあかずひよわな
ひな
身を寄せあい

孵《かえ》った場所に返したよ
ひっそり隠れ
穴のなか
息してる
おやどり小鳥
帰っておいで
待つばかりのえさ
たべられるだろうか

かみさまもりんねも
どうしてこんなにいつもざんこく

たべられませんように
さえずることができますように
羽ばたけますように

羽毛もまだ生えない
はだかんぼの
ひな

母の海

あんまり
泣かれて
母もママも
涙にゆれます

あいいろに
泣いて暮れる
やさしい
海になります

アジサイ

きづくことすらできずにいた
梅雨の湿りの訪れ

あざやかな紫

アジサイふいに
微笑んでくれたように

死の棘でなく
詩の花
咲きますように

紫のあなたへ

淡い紫かおるデジャ・ビュ

目まぐるしい遺伝子の輪廻《りんね》の
記憶の固いつぼみ
とおいあの園

花びらやわらかに
ひらき
目眩して

そう
むかしわたしはあの

サツキの
赤紫の花かげから
アジサイのあなたの
青紫へと

ゆっくりとあゆみ
あめをまちのぞみ
あいをゆめみていました

悲しいカタツムリでした

こだま

咲きこぼれる鮮やかな赤紫に
あなた愛《かな》しく蘇る

傷としわ

傷つくために生きているようなものだ
痛みにたえてしわくちゃに
産みおとしてくださった
母の
すべすべに肌を
あたためてくださった
手のひらとゆびの
記憶だけに励まされ

ひとすじひとすじこころに
傷をひきながら

痛みのしわを
ひとすじひとすじ愛するひとと
手のひらとゆびで
けしあいたいとねがいながら

傷もしわもすっかりきえて
生まれるまえに生まれる日まで

かなわずただ
ひとすじひとすじ
きざまれるばかりの毎日でも

のぞんでゆくかぎり
傷も
しわも
わるくない

雨あがり
道ばた瞬く
紫陽花に
夜あけの
星に
つたえるしかなくても

ホタルブクロうす紫

うつむくうなじ美しい
ホタルブクロ
うす紫

憧れさまよいでる
炎のひかり

失われた虫と星の契り
かなわなかった約束
悲しい漆黒の夜に

惑いゆらめき
花びら
散りぢり
舞い踊る

うっすら虚空の
永遠に

山吹の黄

共謀する国家
暗鬱な局所積乱雲
汚染も監視も隠され溶け込む
狂暴な雨にも

季節しなやかな
黄のささめき

きよらに
山吹の花

生と死のノウゼンカズラ

雨ぬれのこるアスファルト
落ちたいまも空みあげ
みずみずしくあざやか
ノウゼンカズラのオレンジかなし

（花には花の死に方がある）

かたわら赤いタチアオイ
真っ直ぐに茎のぼる花びら
あの空をさし

草むらピンクくるくる
やわらかなバベル
ネジバナの塔
雨雲のむこう
青空にとどけと

（花には花の生き方がある）

生まれ気づけばノウゼンカズラ
つる草くねくね行方《ゆくえ》知らずも
寄る辺さがし
絡み這いのぼりようやく
軽やかな花びら開けば

なつかしい重みに惹かれ
抱かれ落ち
地をせめてかなしみの
血のオレンジに染め
埋めつくせと

（花に生まれたからには花なりの

生きがいもある
死にがいもある

咲き枯れて散り
咲き枯れず散り
咲かずただ散るばかりの花にも）

ヤマモモの夢

まあるい実
散らばり落ちて
アスファルト濃く
苦み色のデコレーション
子どもにつまれくちびるに
小鳥についばまれ
くちばしに

砕かれのみこまれ
甘酸っぱく溶けさる日を
夢みていたけど

焦がれころがり赤茶色
つぶされなんかしないよ
むだ死になんてないよ

柔らかな憧れやさしい
つぶらな瞳つぶやく

反歌

翼とじ
地のつぶに
舞いおりる
青い鳥

舞いあがる
くちばしに
真っ赤な
実

カタバミの小人《こびと》

うっすらうぶげにつつまれ
うすきみどりのさや柔らか
弾けちり指にふれてくれた
種の小人たち

軽やかな飛翔
交じりあう曲線
線香花火の軌跡もよう

カタバミきみの
黄色ちいさな花のそば
こころの指
子どもになって音楽を弾く

いっぴき

いっせいにしぐれだした夏のはじめの

どこともしれない宇宙のかたすみの
アンドロメダのかたわらの天の川銀河の
太陽系の青惑星の海の島の
丘陵にたたずむ
一本の樹の根もと
土に
いっぴき

いつともしれない
いま
死にかけているセミ

生きつくせたのか

反歌

夕暮れ木《こ》の間にこだましてゆくかなかな
かなしく響くのはセミたぶんきみの面影のせい

花、夏の記憶の

広島、白い花

七十二年すぎても
あの日は原爆の
あのまま

うけつぐ祈りの
この夏にも

悲しく
訪れてくれた
つくつくぼうし

美しく
咲き初《そ》める
白百合《しらゆり》の花

長崎、赤い花

ゆらめきのびるなめらかな腕に
萌えるみどりも
燃え立つ紅《くれない》の
花炎《かえん》も
青空たかくへ
無言で

原爆のあの日を
生きていた
子どもたちと赤んぼに
子猫と子犬と子牛と子馬に

アサガオにヒマワリにタンポポに
アゲハにアカトンボにカナカナに
無明《むみょう》のくるしみに
百日紅《さるすべり》
今朝も
赤い花

稚魚《ちぎょ》

流線形の揺らめき
澄みぬける清流
稚魚ゆらら

葛《くず》

這う地から
指す
夕焼け

染まり
葛の花

耳

雲まに月の夜《よる》

とぎれがちお別れのセミ
ささやきかける虫の音《ね》

夕涼み
耳澄ます猫

ぼっちの曼珠沙華《まんじゅしゃげ》

早すぎたのかな
もえたから

こげて
ゆこうね

みわたしてもまだ
ひとりぼっち
（ヒトリシズカに生まれたかった
　のに）
ふたりぼっち
（フタリシズカに生まれたかった
　のに）
まんじゅしゃげ

あなたとわたしの
死のあとに
（白い花もいいね）
もうすぐいちめん
もえる
もえるよ
（まっ赤に愛《かな》しい）

曼珠沙華

此岸《しがん》の花

岸からとおく
水中花
波まさまよい
うちあげられ
息吹きかえせばまた
此岸

口も目も手も足もなくみどりの
悲願の姿でもここは
地獄

立ちすくむ
あなたは美しく
白い花

たどりつけず
ゆきつもどりつ
愛執たちきれず血染めの
わたしもそれでも
彼岸花

キミの香

恋散りちらばる地のオレンジに
ふりあおげばキミの香

キンモクセイ

キミの名

名を知りたくて

花に
（キミハダレ？）
花も
（ワタシハダレ？）
花と
（ココハドコ？）

秋空みあげ

人らしく

好戦
（アホらし）

国家忌避
（トラウマです）
核恐怖
（正気です）
戦争嫌悪
（病んでいません）
厭世家だろうと
楽天家だろうと
（ワタシハケダモノジャナインダ）
人らしく
厭戦家であろう

反歌

不正だらけの酷《ひど》いイジメ社会
一員と強制されても
一味だけにはなってたまるか

くつひも

ほどけたスニーカーのくつひも
結びなおしたら
ほどけていた記憶も
結ばれて

結んでくれたあの日の
　おかあさん
結んであげたあの日の
　おさない子

子も

子も　悲し
ひとでなし
でも
ひとでした

どんぐり

うすみどりうすちゃつややか
こんまりふっくらやさしいどんぐり

夕星《ゆうずつ》

このゆううつも月のひかりに溶けますように
あの夕星のように
ゆふづつ
古語にならず死語にならず蘇ればよいのに
闇から満ちふくらんでゆくあの月のように

白、黄、金

紋白蝶黄蝶金木犀の香を舞う

揺らめき

なくなっちまった
曼珠沙華《まんじゅしゃげ》
深い草むら
いちめんの緑
揺らめいていた
真っ赤真白《ましろ》に

揺らめいている
曼珠沙華

バレエ幻想小曲

ひみつ

くるみ割り人形の
こんぺいとうの踊りに
元気になれるなんて
こころお菓子

眠りの湖の美女

白鳥に恋する

羽ばたき水うつ岸辺
とおく
湖に身を横たえ
額《ひたい》と頰の白いなぎさにうち寄せひいては

ちゃぴちゃぷ
揺らめく髪のみどりとたわむれる
水泡《みなわ》
水面《みなも》と空のあわいの
透きとおるあおに浮かび
沈んで

白鳥の飛び立ちの美しい
光と影に

さようなら

白鷺草

小景

濁流の岸辺
草はらに
白鷺

幻でしょうか

憧憬

花言葉は
初恋

いつか
あえるでしょうか

夜曲《やきょく》

好きな曲があることに救われる夜《よる》

葉の花

秋のひかり木《こ》の葉こんなにきれいなのに

無言歌《むごんか》

無言のうたに憧れる

コオロギの弱音

秋の終わりの
コオロギの夜の
細りゆく音《ね》

しんしんどこへふりつもる

萩

しなだれる葉のみどり
うすれ朝露に秋のおわり
黄みどり黄にはらはら
残されて

花
紅《くれない》

コスモス淡章《たんしょう》

みずいろの秋空の
丘のあの向こうまでこの花のこみち
つづいていてほしいとねがった

風にうなじ
いっせいにそらせ
ふりむいてくれる淡い微笑みたちと
きみ

このままありのまま
ふたりコスモスのまま
いたいとねがった

立ち止まり並んで
そっと
横顔みるとほんとにきれいだ

淡いコスモスかなしい花びら

コスモス宇宙秋桜

こすもすこすもすこすもすと
呼んでくれてもかまいません

こすもすうちゅうあきざくらと
呼ばれたってわたし
うれしい

呼びかけてください
声でこころで
ささやきで
むごんで

こすもす宇宙秋桜

ピアノ銀河の実

このピアノの音《おと》は

あの天の川の音《おと》
おんぷ浮かび沈み
泡だちしぶきあげて
めぐる銀河の
おおきな腕にまで
旋律なつかしく
流れ込んでゆくよ

ひとは武器を作り売る愚かな獣
けれど楽器を創り奏で歌える生きもの

闇と光のピアノの鍵盤おどれば
天の川らせんの渦
きらめき巻きあがり
星の音《おと》美しく
生まれては消えるよ

小川のほとり
秋の光に照り映えつらなる
ムラサキシキブの実
かわいいつぶらな星の川も
颪と水と葉の緑と
さやぎせせらぎ

夜空いろ淡く
ゆらら歌うよ

ひとのこころの音《おと》は
宇宙ピアノの
なりやまない
あなたへの
愛《かな》しい音《おと》

ポエジー

冷たく厳しくつらく苦しく
凍りつく季節にも

やわらかくいま
咲いていいよと
サザンカ

あしもと
わたしもと
パンジー

あの日のあなたの
くちもとも

ゆきこすもす

星ふる夜にも息をして
冬枯れコスモスゆきふる日までそばで咲いていてほしいと
ねがった

ひそやかに生まれる
ゆきのおと
枯れてゆくいちどかぎりの葉と花びらに
ひとしく舞いおり
ゆきの花

落ち葉とすずめと

ふりしきりふりつもりしきつめて
道もみえない枯れ葉ゆき景色
みみもあからむ冬の日
歩きはじめたばかりの
おさなごがなんどまえのめりに手をついてもこけても
やわらかなここは木《こ》の葉の道
おかあさんのはだのセピアいろ
なだらかにふくらみつづく落ち葉の道
おおきくくちをあけてああああよろこびの
かた言の葉で
木々と小鳥と話して
歩んでゆく道

舞いおりて
まあるいすずめたち
葉っぱに埋もれそう
弾んで影踏みあそび
ひなたぼっこ
ちゅんちょこかくれんぼ
道草しながら
ゆきたいほうへ
あんまりすすめなくても

あおい花も紅葉《もみじ》の虹もどんぐりも
あなたのなつかしい息もなんにも
優しい落ち葉のどこにもみつからなくても

春と夏と秋のまだらな記憶
あしのうらにまばらにかんじて
すずめとゆこう
生きたいほうへ
冬の
ひかりの木《こ》の葉まばゆくさやぐ道
とべる羽はなくても

冬なきむし

落ち葉ふりつもり
しめやかな丘の
月のひかりの
静もりに

きこえてくる

きえた秋の
むしの音《ね》

星のうえ
なきおえ

くだけくずれ
枯れ葉に
土に
冬夜空
はるかに

きこえる

イヴの月

イヴもあの日きっとあなたのように目を伏せて
神さまのお話に従うしかなくて
無垢な生の歓びの園《その》を追われて

聖誕祭《クリスマス》の前夜《イヴ》
ツリーのゆびさす
冬空に

まぶたまつげとじても
涙あふれうるる
あわくたわんで
ゆるく
三日月お月さま

こぼれてしずく
お星さまに
闇世《やみよ》のかがやきに
なりますように

くちびるかむ月

赤くたかく燃え舞い落ちた
楓《かえで》の枯れ葉のように
冬夜空痛く
かぼそくゆがみ
かじかみくちびるかんでいるのか
ちぎれそうな月もわたしも

いつまでかしらず
たちくらみもころびもせず
地と太陽と銀河と
くるくる空《そら》ころがるよ
身も世も天もほろび
輪廻《りんね》ほころびても

まわるばかりの
渇いたでこぼこ岩のかげりに
やわらかなひかり
やさしいくちづけ

いつかどこかとおくで
めぐりきますように

紅葉《もみじ》の生きかた

紅葉罪なく燃えつきる

波にぬれ、ひと

憂うつの海の波の悲しみの短調の
愛いろに
あおくさくいつまでもあこがれ
ゆうひにたそがれゆらめいてひとは
海

美しい音楽にはけれどどうしても
なりきれないんだ言葉こころの音《おと》

歌にならず
ひとにむけて
波だつ

＊　心からうきたる舟にのりそめてひとひも波にぬれぬ日ぞなき
小野小町

ふゆの、ぐんか

ふゆ、ゆきのねをきき
ゆめの、はだにふれたい
はな、あなたとはなしたい

ぐんかの、つめたいあさもひるもよるにも

反歌

ぐんか、軍歌、軍靴。

わめきちらし、
強制したがる、
いさましげな、
ふんぞりかえった、
こうぼく。
なにさまとのさま、
しゅしょうさま。

こびるへつらう、
みこしわっしょい、
おとりまき。
やかましく、
おぞましい。

プレゼント

サンタ・まりあ・あみだ
慈しみの母いつか

雪景色

花も若葉も紅葉《もみじ》も散り
海も月も星もない
小鳥もかなかなもコオロギもいない
こんな季節の人でなしの国家にもあなたはいて

古歌《こか》しんしんふりつみ雪景色

音楽

青空のあなたの
ピアノソナタに
彼方の
星を聴く

子さぎ

岸辺残雪の点描
川面まだらな鴨
ならんでぷくり
ちいさな
真綿のふくらみたち
みじろぎする枝のつぼみの
梅の香と羽ばたけ

子さぎ憧憬《しょうけい》

彼方

彼方から流れてくる朝の光の水面《みなも》に
子さぎ
親さぎ
富士
あおぞら

雪の月

溶けかけて朝ぞら淡く半月《はんげつ》の残雪

鳥の舟

小舟のように鴨のように川面に浮かんでみえたのは
短い脚のせいでした

つまずきつんのめりばたつき笑われても
だいじょうぶ子さぎ
きみはとべる

やまぶきの花

若葉
やわらかうすみどり
黄
きよらに
やまぶきの花

さぎのあお空

浮き彫りの稜線
シュールな版画
世界時計を止める
無音の旋律

うっすら雪縞模様《ゆきしまもよう》の
あの山脈《やまなみ》は

あさ空の
彼方へ
羽ばたくまぎわの
さぎの翼の
焦がれる意思に似て

こだま

夏の山かげの思い出
さぎ草の滴にも
あお空

南北東西

地平線のその果てへ
東西南北どちらへもゆける

地と天のすきま
うっすら淡い成層圏みあげ
上も下もなく
遥かな星空に抱かれる
水平線を恋うまま

半島も大陸も
列島も島々も
言語の境も
へだてなくあらう
星魂《ほしだま》の海の
瞳のまるみを

南北も東西もただ幻
星の人なら
小鳥たち魚たちと
どちらへも
ゆける

反歌

天国へのバベルの階段もろとも

瓦礫となり砕け散り
地平の果てまでにぎやかに飛び交う
他国語他宗教他民族他生物への
憎悪と驕りと殺戮の
ミサイル

にも
終末の日は
訪れ

青空は小鳥と雲に
夜空は流れ星と天の川に
人はかえしました

いつか
多国語無数の言葉で
書き留められますように

立葵

タチアオイ

ことばの響きに思い出す
あの日
青空
立ち尽くす
あなたの
横顔

えいえんのりんね流転《るてん》なんて
疲れすぎてやりきれない
地獄も天国も
静寂も
こわい

なにもなくなり
ゆくえしれずにさまよいきえても

あなたはかわらず
わたしの想いに
いまもたしかに
咲いてくれているから

みちびかれるままに
抱いて散りゆく

咲いて
立葵あなたと

ポぽ

ポぽポぽポぴぃ
ポぽぽタン
ポポ

静かなあなたを

高原も海も
美術館も図書館も
目のまえのひと
静かなあなたを
美しくする

五月《ごがつ》

サツキまぶしく駆けだしてゆけば夏もかおる五月この道
なのに

五月雨恋《さみだれごい》

赤青紫陽花《あかあおあじさい》
染《そ》まり初めて
瞳

あの空に雨を恋うのか

希望花《きぼうか》

その花は咲くという
とてもきれいに

咲くという
あの

希望という
季節に

ねじ花

雨のあいまの
微かな風に
ねじ花の
鈴の音《ね》ゆれる

ふりむくあなたの
ふくらみなびく
長い髪
柔らかにしなう
腕と胸と
優しいうすもも
小さな顔

りるりる響き
こころ痛い

よみひと知らずの

よみひと知らずの
うたのような

野の
道ばたの
花のような

詩を

夏草のかげに

ひまわりをすぎて
こみちわき
別れたおまえのさいごの姿

きえない夏草のかげ

あ

黒猫こねこいまどこにいるの今年もほら

白ゆりの花

秋の、息

空も雲も風も花も
誘われて心も
もう
秋

この世界と宇宙の
過去と今と未来のどこかに
愛するあなたの
息する
秋

葬《ほうむ》る。

核兵器を葬る

広島の
長崎の

ひと
いのち想い
聞き

核兵器のない世界を。

戦争を葬る

なくなられたひと
こころ痛く
哀悼し

戦争をこそ葬りさり。

不戦の始まりの日と
しつづけたい。
八月十五日

しゃぼん

校庭のまえ
おんなの子ひとりしょんぼり
壁を越えゆっくり舞いおり
シャボン玉
ほっぺに
透明球《きゅう》の
キスふるる
球面にほら
虹
しゅほんとしずかに
消えちゃった

いいかおり
おんなの子
校庭へしゃぼんとゆく

欠けているのは

殺伐とした無意味さの疲労に終わらせてしまう一日にも、
一輪の草花の優しい詩を思いとめられたなら、
甦り、愛《かな》しく抱きとめ、眠りに沈める。
欠けているのは
きれいなもの

あいうえライオン

夕雲オレンジ
たなびくたて髪

あいうえライオン
地平の彼方へ
吠えてゆく

横笛《フルート》吹き

思い出したよ横顔のくちもと
「横笛吹きになりたかったの」
もれでたきみの息のかすかな
愛《かな》しい音色

あっというまにセミと消えた夏祭り
太鼓と笛の音《ね》いまも悲しく鳴りやまないのは
くさむら澄みのぼる鈴笛と
たぶんあの日のきれいな夕焼け
やどしたきみの
瞳やさしい
憧れのせい

くるひもくるひも

ここにいるよ

雨にうなずき教えてくれたあなたのうながしに
ゆびをのばさずにはいられないでしょう
手折《たお》りせめて明るいこの月夜ばかりは
ならび横たわり
息吸いあえるでしょう

朝のひかりにふたりさらされたなら
しおれたあなたをあの土にかえし
よみがえり訪れてくれるときを待つでしょう

くるひもくるひも
あきをまち

すぎてもすぎても
あきをまちます

わたしのあかい
曼珠沙華《まんじゅしゃげ》
まなざし愛《かな》しい
まんじゅしゃげ

宇宙花《うちゅうか》

宙《そら》
水色へ
あわく
ひらいたら

どうしてピンク？
どうして白なの？
どうしてわたしワインレッド？

花色《はないろ》ゆめ色すてきな揺らめき
曼珠沙華《まんじゅしゃげ》もまっ赤

朝風やさしい
ささやき

こすもす
秋桜
宇宙《コスモス》

いつか、秋の音《ね》染みて

木《こ》の葉かなしみの音《ね》に
もみじするという

朝も夜《よる》も鳴くばかりなのに
なんてきれいな虫の音
あんなに激しく
消えてしまったセミの音
あれからいまもいつまでも
愛《かな》しいきみの音

汚いけどひとは
泣かずにいられず泣くしかなくて

好きだと泣いて言えずに泣いて
ふられて泣けるなら
愛したいのに愛せず涙にもうならなくても
泣いているのなら
ひともきれいになれるという

電車の座席のむごい大人に
にらまれても
泣いてあやされ
泣きたいだけ泣けるときに泣ける母に泣いて赤んぼ
きれいに育て

朝陽にも夕暮れにも
宇宙のかたすみのこの星の
いつかのどこかの
木の葉の根もとの草むらの
秋の音のそばでなら

ひとのこころさえ
もみじするという

こだま

爆弾も飢えも差別も
もういらないと
虫の音も木の葉もひとの
こころも星の音もいう

穂波ゆらめき

秋の夜空から
澄んだ声
あんまり呼んでくれるから

枯れ野原にたたずみ
あくがれるばかりの貧しいこの
魂
さ迷いでてしまうのです

すすきの花の穂

頬に触れ
（ゆび
　やわらかだった
　あのひとの）

髪
なでられ
なぐさめられ
（優しかった
　ひと）

夜空の黄金《こがね》の瞳から
あふれだして
涙つぶ
穂波に

たたえられ
いちめん
ゆらめいて

いつかどこかであなたと
生きた
悲しく

かけがえのない
時《とき》を

泣いているのです

尊厳《そんげん》花《か》

水気なく細り
あとは焦げ散るばかり
咲き尽くして無言
誇らしげ

うす黒紫
曼珠沙華《まんじゅしゃげ》

三つ星

圧倒されるほどの
闇の

なんにもない宇宙の
底で
息もつまり苦しくとも
こい願わずにいられない
詩魂
悲しい瞳の紫紺に
いつともなく
ひそやかにやどるという
オリオンの三つ星

真
善
美

励まし

乳幼児に励まされる

菊の花（折られても）

折られ供えられもういちど
咲け美しく
菊の花

菊の花（しおれても）

しおれ枯れてもいつもあなたと咲いているよ菊の花

冬の贈りもの

こんもりこまやか
ひそやかなひかり

霜景色

かなしみのツリー

あふれ零れ落ち土に沁み消えてゆき
押し殺されようとした無言の
涙の
滴

夜の闇に凍え凍りつくしかなくても
なぜかいつかやがて静かに
結ばれ
ほんのすこしずつ
浮かび

夜明けのひかり
まばゆくふりそそげば
輝く霜柱
祈りの
樹氷

地にも
愛《かな》しみの
クリスマスツリー

こだま

曙光《しょこう》を透かし
仰げば

星たちと銀河の
宇宙樹氷《コスモスツリー》

星空も海も

冬夜空ふかく瞬きだす
こころの
輝き

瞳の
湖面のおく遥かな拡がりに
凍えふるえる
星の子の

愛《かな》しみの

真夏の海まばゆく溢れだす
ときめき

水平線の果て
あおのあわいに
すいよせられ溶けてゆく
鼓動の高鳴り
かなうことのない
愛の
潮騒《しおさい》の

みあげつつまれ
星の海

なつかしく抱かれ
波宇宙《なみうちゅう》

悲しいひとの孤独には
星空も
海も
なぜか優しく涙する

白く、透けて

朝空遥かな山脈《やまなみ》の
稜線ふちどり
白雲も
白雪も
白鷺も
かさなり

青空かおる
富士は
白鳥《はくちょう》

清流へ
滑りおりる
粉雪の
子鳥《ことり》みまもり

あの雪に風に水の流れに
溶けてわたしもゆければいいのに

星座

闇に眼を
凝らす

星座あなたを
みたいばかりに

花を

さがしても
花
みつけられない
無色《むしょく》無感情に凍える
この季節には

葉のない枯れ枝

茎のない草の根に
学び
芽も茎も葉もまだ
なんにもなくても
待っている
種子に宿るうつくしい
花のそばに息をひそめ
いこわせてもらおう

愛することができますように

だれも助けてくれなかった
子どもの
こころの
さけびの痛み
さかれた
傷口をも
かならず

いやすことの
できるというやさしいあの
花

いつかどこかであの子に
咲いてくれますように

反歌二首

枯れ枝枯れ草枯れ地もこよいあの子に淡雪の花
ひかりとけしずくとちりとどきますように

この世では

たとえわずかでも
ほんの一瞬でもかならず
愛してくれたろう母
恋い
謝り
だれもどの生きものも
さようならする
どこへともしれず
いつまでともしれず

こわくともこんどは
ひとりで

おかあさん
この世ではわたしはこのようにしか生きられませんでした
さようならごめんなさいありがとう

反歌

やさしいことばがまたふりそそいでくれますように
こころにうつくしくわきあがってくれますように

初花《はつはな》

すれちがいの相手の香り
惹かれ鼻先くんくん
近寄らずにいられない
ワンコのように

朝日の川なか

子サギ
楕円偏心軌道
カモに結ばれ
ついて離れて
飛んでは降りて

ほらあの
青空さす枝先の
まんまるなつぼみのまわり
羽ばたきはじめた
白梅のよう

目覚め

梢の音《ね》にまどろみのゆめくすぐらるる

もものこ

はるをもうみたよ
はなもくちも
ちょこんとつぶらな
めもきょとんと
つみもしらず
ベビーカーに
さいたかわいい
ももの
花をみたよ

とおりすぎる
おしゃべりっこも
まなざしやさしいおとなのじょせいも
ちいさなきみのおかげで
はるのようせいにみえたよ

夕やみのくちびる

桜色の
夕やみにうすく息

もらして
唇

鮮やかに
蘇る
紅《べに》

和泉式部色に萌える
愛《いと》しい
ツツジの

生きてきました生きています忘れないでねと
愛おしい
ツツジの

花

あなただとわかりました

＊　岩つつじ折り持てぞ見る背子が着し紅染めの衣に似たれば
和泉式部

うぐいすの花

散りしきる桜色の五線譜に

浮き静み澄み
旋律する
うぐいすの花

踏まれても

さりげなくきよくタンポポ

黄泉《よみ》色《いろ》の花の道

さまよう歩みさえ
照らし道沿いに

八重山吹の
微笑み

堤に似顔ならべ
太陽みあげる
タンポポ

　なぜここに
咲いたのでしょう

中洲も岸辺も
遥か
菜の花

　せせらぎなぜ
潮騒《しおさい》とおく
　恋しいのでしょう

陽射しの川面に
白鷺

　なぜあなたと
あえたのでしょう

まぶしい黄金《おうごん》の季節にも
片隅うっすら
紫の花

　かなしいのはなぜなのでしょうか

鳩の愛

朝

街の朝の路のうえ疲れた鳩がいた

記憶

山鳩の声なつかしい
呼んでくれるからでしょう
あの日のわたしを
ないていたからでしょう
わたしもむかし

愛するひとあなたの
なく声に
愛する鳩わたしも
かなしく

ないているのです

野いちご

みどりふかまる草かげの
ふくらみ優しい
あか

あなたのおもかげかさね

野いちご

の
の
の

五月《さつき》

ツツジと枯れてしまった
さびしいこころも蘇れ
サツキ

あじさい宇宙・変奏

ショパンのバラード、スケルツォを聴くたび
美しい曲想は彼にふいに
ふりそそいできたのだと想う。
詩想もまた。
恋も
愛もまた。

地に生みおとされた
生きものであるからこそ。

変奏宇宙・あ

ふりしきりあい
むほうこうむげんにゆきかい
さきみだれめぐりちる
銀河
星の花びらといま
いつもともに。

白鳥座の飛んでゆくあのむこう
ほらあそこに

アジサイ座

変奏宇宙・い

梅雨夜空雨あがり
見あげれば
天の川いつのまにか
紫陽花星雲

美しいしめり
あゆんでるよ
ほら

カタツムリ座

花水木《ハナミズキ》のあなた

気づかなかったよ
咲いてると

教えてくれたひとのこころの
頬のよう
うっすら優しい
花水木わたしも
花の好きなあのひとが好き

みずみずしく淡くひらく
花・水・木
あなたの

ささやきが聞こえる

姿

うしろ姿
うかんできて

目がひきとめられた文字の
しなやかなひろがりに
やどり香りだす

歩み去ろうとしてふとふりかえり
微かな風かろやかに
ひるがえる

あの日のあなたの
微笑みの

ながい
髪の
美

いまもいつまでも

滴になる日

紫陽花《あじさい》色《いろ》の季節には
溶かしだされ
細胞崩壊して雨水に
なれたらいいのに

汚水に混じり
流れ濾《こ》されていつか
澄みふるえる
ふくらみ
とうめいな
滴に

虹へ
のぼってゆける

空の果てのあなたを
さがしにゆける

香り

悲しくいたましすぎるできごとばかり
しずむつらい日にも

雨にぬれた道に散る
キンモクセイ
金色のきらめきの記憶の
香りのように

わずかばかり
美を

偽らずに

けして近づけないその人の
痛みと苦しみをこそ思うべき

みぢかな人の
悲しみの闇を思うべき

悪を許してしまう
人と群れを許さず
ふさわしい場所に
とどめるべき

べき
じゃなく
そうしたいと
のぞみ
することで

いまある
痛みに苦しみ
悲しみつつ

それでもこれからをも
すてずに

たいせつだと思うことのために、たいせつな人のために、
たいせつな人たちと生きものたちと
よりよい時間を生きられるように。

同時に、
それぞれの個人が理不尽に
犠牲にされることも選択の機会を奪われることも
望まないと。
思いを偽らずに。

空《そら》のしぶき

ぬけがら

木立つつむもや
悲愁の雨傘を胸に
たたずむ

カタツムリのいない紫陽花の
茎にすがる
空蝉《うつせみ》
残響する
いのち

無辺無限へ無音の音楽
飛翔する

雨ニモ

空《そら》を破れば
夏

雨ニモマケズ
なきしぐれ
セミ

目覚め

セミの通奏低音
旋律の初夏に

戦慄し、

息する
空
青空セミの夏しぶき

眠れない夜の歌

しずかにさってゆけたなら
どんなにやすまることでしょう
なにもかもからそっと
さよならできたならやっと
やすめるのでしょうか
なにもかも忘れほっぽってゆける
どこかとおくの
幸せのくに

と
赤んぼの泣きごと幼児性甘ったれのわがまま
いまだにやどすようななりそこないの

こんなおとなのゆきさきはきっと
天国でも夢の国でも
ないでしょう
地獄かな廃人の国かな
でもこの地よりましかな

想えるような疲労の夜には罪と罰
ねむれもやすめもしないでしょう
もうやめなさい
おやすみなさい
思い出しなさい

まわる地の昼と夜
この星空のもと
きれいな花たちの話声に耳を
澄ませなさい
花の寝息が聞こえてくるならすぐそばでいつか
やすめることでしょう

花はひとにも優しいから
花を慕ってやすみましょう
こよいも花とねむりましょう

うす汚れても、純白の

罪と罰の
泥どろの
傷み
痛みに
うずき

気づき
芽吹き
ほそくても
折れず

つぼみの
おもさに
うつむき

それでも
ひらき
ほほえむ
良心

うす汚れても
純白の

ゆりの花を

ネムに

腐臭ただよう
息苦しく生きづらい
こんな世にも

朝焼け色に
咲いていた
あの花
ネムの木
愛の
淡い花

夕空やさしく
あんなに染めてくれたのは

秋桜《コスモス》と
ネム
あなただったのでしょうか

やわらかな
あなたの
ねいきと
ネム

ねむれねむろ
どんな夜にも

시《シ》・詩

사람《サラム》
人
말《マル》
ことば
마음《マウム》
こころ

사랑《サラン》
愛

こころ

痛むからまだ
あるのか
こころ

사랑《サラン》・愛

国境の壁をつくり広げたがる
傲慢な卑しい類人猿

いつの時代もいまも
どこにでもいても

猿壁越える
사랑《サラン》
愛

月のひかりの夜空に

輪廻があろうとなかろうと
草むらから星空にまでたちのぼる
あの美しい音色《ねいろ》の
かさなりのみなもと

透明な羽根すりあわせる
あの姿を
あのコオロギは
ただいちどだけいま
生き
聞かせてくれてる

こころのみみ
澄ませること
ゆるされた月のひかりのこの夜
音楽の永遠の銀河の
滴としてともに

草むらの誘《いざな》い

なにを嘆き悲しんでいるの？
与えられた限られた
残された時を
あなたらしく生きなさい

アミダさまカンノンさまの
慈しみのように
マグダラのマリアさまの
愛《かな》しみのように
草むらから

スズムシもコオロギもマツムシも
ともに歌お　と

天へ澄みのぼる
やわらかな音色《ねいろ》で
励ましてくれるのです

秋

空も雲もコスモスも
うっすら
　さび
　　しくしく

きみの季節に

セミの羽根も夏の花びらも
とおく散りつくし
草むらにもふかまる秋

虫の音《ね》に目覚めたの？

おくれ育ちひとり
たちつくし
うつむきふくらむ
きみどりの
つぼみ
咲けますように
白い花

遅咲き狂い咲きと
いわれようと
きみのいのちの季節のままに

咲けなくても白ゆりの花

ほらきみに似て
うなじ美しく

微笑み
赤く
彼岸花

公共狂化許可国

見捨てられ

見放され
知らされず
忘れさせられ
孤立させられる
被災地
被災者だらけの
国家

自然災害
政治害
人災
全国くまなく
被災地列島

加害者は
国家
悪らつな
党派
国民

敵対国創出型
侵略支配嗜好
徴用徴兵教育勅語

国歌国体神国史
狂信嗜好
自己陶酔型
罵倒好きな
自虐閣議嗜癖の
公狂許可国

放射能汚染水海洋放出予定の
原子力発電輸出外交全敗の
原発人災企業救済派の
被災者迫害に邁進する
やたら明るい
公共狂化許可国

リンプン

コスモスの蜜すう
蛾の
羽根のうごきに
（わたし蝶では
　モンシロチョウではありません）

罪のない生きものはいるのだとおもう
（罪のリンプンまみれの
　人間ではありません）

羽根もなく
花びらにとまれず
蜜に染まれない憐れな
罪のある化け物はいるのだとおもう
（悪の金品まみれの
　イカレタシロモノなんかじゃ蛾はありません）

紫の星つぶ

七草《ななくさ》というのにいちども
あえませんでした
絶滅危惧種だという
それはそう
生きづらいだろう
きれいな野の花

お花屋さんの店さきに
あか紫
一番星のよう
見つけてしあわせ
雑種だろうとあなたに
であえたのならわたしはしあわせ

かなしい秋にちいさな
星つぶ
フジバカマ

＊　萩の花尾花葛花なでしこの花おみなえしまた藤袴朝顔の花
　山上憶良　万葉集

夕焼け秋桜

夕焼けのあのオレンジに
きみもわたしも黄花秋桜《キバナコスモス》

月あかり

月に吠えても

なんで三日月なの？
どういういみ？

みあげ吠えるきみの
よこがおの
月あかり

ほほえみの
夜空

月夜かなしくテツガクするきみが好き

月の手

ふかまる秋の草むらの
どこからかまだ
なき声
きこえたきがした

月あかり
水害の地の傷口をこころをも
癒してくれますように

雨と樹《き》と、息する

しめりこぼれ雨粒《あめつぶ》と散り
小道に香りの記憶しきつめきらめく
オレンジ銀河

ひそやかにたたずむ幹と枝と
緑ふくよかな葉むら

あなたのように
生きられたなら
葉と花びらの精
いつかどこかで
あえるのなら

雨の秋

キンモクセイ
あなたの
樹の息
胸ふかく吸う

夕日

あんなにあかくもえて夕日
きれいなこころのひとも
いる

黄葉《もみじ》

きりもみしながら堕ちてゆくさだめ
目眩みながら
宇宙《なないろ》の森の
七色に
微かに
黄葉したい

ちゅりぃ

雨あがりの小道
ベビーカーの
てのひらのゆび
そらをさし

「まま、あれ
　ちゅりぃ
　きゅりしゅましゅ」

かたことに
くすぐられ舞いたつ小鳥たち
枝先からおれいに舞いおりる
金色の樹の精霊
むすうの
せなかの羽

イチョウ
光の円錐に溶け
樹液に吸いあげられ

あのたかみの
みなもとへゆきたい

ゆけずに

そばにゆき
伝えなければ伝わらないよとふるえつつ
そばにゆけず
ひとりかなしみ

あまつぶ

赤白黄色
子どもたちの
あの傘に
緑　黄　紫
虹色　紅葉《もみじ》に
あの水たまり
川　波　海に

無色
水たま

また青空の
白雲に

秋《しゅう》楽章

緑の余韻ひそやかに
舞い落ちる葉も
薄く濃く
黄と紅《くれない》と茶に
愁嘆の無限グラデーション

奏で枯れ散る葉も

終端の果ての
無音を
おそれのぞみうやまい
生誕の
飛翔音を
はらみはらはら

静かに激しく
終楽章

悲唱する
秋

冬鳥

かたく澄み鳴る冬水《ふゆみず》
ピアノ色《いろ》響く流れに
白く真白く輝く
白鷺

言《こと》の間《ま》

愛する人に耳を
澄ませるとき

声と息
言葉の響き
音色《ねいろ》とかすれ

呼吸する
音《おと》
と
ともに生まれる
無音《むおん》

間《ま》

沈黙を

吸いつくしたい

と

切実に

冬猫

夜の厳しさをたえ
草かげの
白猫
朝のひかりに
背をまるめ
ふくらむ

月吠え

見あげ吠えているワンコもいま
まぶしくぬれひかり悲しい満月

月光樹《げっこうじゅ》

満月に枯れ木もわたしもクリスマスツリー

予感

葉も花ももう
なんにもない枝えだ
手を結び
アーチやわらかに
たわませ
あの日に
祈り

悲しく
抱きしめられているのは
透けぬける
あおい空
あわい雲

ちょこちょこ跳ね
のどふるわせる
小鳥たち
そよ風に
くすぐられ
つぼみたちも
吹きこぼれだしそう

愛する季節
もうすぐ
生まれる

冬も解けてゆき

初花《はつはな》

ひとの病の闇世《やみよ》にも
つぼみやぶり梢に
さえずりまぶしく
小鳥とコブシの
白い花

初音《はつね》

梢あお空ほがらかに
自粛しないウグイスの声
悲しみのとしつき越えあなたに
とどけ

あのね

あのねあのね
きょうぼくみつけたんだ
とてもまっしろな
はつ・・・ゆき？
そうだよ
なんてやさしくてきれい
だいすきだよ

ゆきやなぎ
白《はく》
銀《ぎん》
河《が》

花

桜色うすく
ささやきの
さざなみ
花びら透かし
夕日うつろう
憂うつ世界
うすれ
静まり

花の波の
夢
山脈《やまなみ》の星空へ
儚く
沈んでゆく

ポエムでなにがわるい

類人猿が人類猿となり
言葉で伝えあい始め
文字で受け渡しつづけている今
まで、ずっと。
どうしようもない
生きることの
悲しみは
文学

詩でこそ
涙の光として
こだまし
やどりつづけているのだから。
滅亡するその日まで

その音《おと》が
やむことは

ない

なぜだかほんとは
なんにもわからず
いつづけるしか
できなくても。
どこにいるのかさえ
ふかしぎな
うちゅうに
ちゅうぶらりんに
うかび
たたずむあしもとさえ
ふたしかで
ふあんで
悲しいとき。
そばに
詩は

ある

クルーズ船じゃぽん

暴風雨の夜の海漂う船
豪華クルーズ船
じゃぽん。

文明開化、もう閉じるのか？
容疑者に公正な法の裁きを。
犯罪者は、檻に。

桜雨《さくらあめ》

雨、桜色

春の雨は
花をそっと湿らすだけにして
浄《きよ》めどこかへ

洗い流してくれたらいいのに
汚い議員も危険なウイルスも

光、桜色

桜雨きらきらきみの悲しみの春の瞳にも

チューリップ

ゆるやかにひとひら花
ななめに
まいおり
ふりかかると

七つの子どものよう
くすっと
くちあけ
さざめく
赤 白 黄
青空

まぶた

陽にいっぱいにひろげて

夕暮れ
まるく閉じて
まぶたのふくらみのよう
明日《あした》もきっとあるね
チューリップ

反歌

目を閉じて
よく泣くきみ
ひらく瞳の
微笑みまぶしい

ゆきやなぎ

かなしくてみあげれば夜空ふりつむゆきやなぎ

あとなんにち

赤
白

黄

咲ける季節
あとなんにち

青
紫

愛
あえる日
あとなんにち

わたぼうし

地球のよう
まあるい
タンポポ
わたぼうし

こわれて
半球
どこかへ
半分
さようならした
わたぼうし

みんな
卒業していって
もう
だあれもいないけど

なんだか
まだ
まあるい
夢のよう

さびしくて
かなしくて
いつまでも
たいせつな
わたぼうし

藤《ふじ》の香《か》

うすきみどり
波うち
うすむらさき
滴り

翻り
瞬き舞いおりる
小舟にかくれ

微風に
微笑み
香りふりまき

くすくす
って
いままぶしく
輝いたのは
きっと

藤の
海の
精

反歌

（どうして？）
こんな五月にもあなたは愛《かな》しく
あまい香りでした

夢想

夢を想い
描《えが》き
傷つけられて
傷つけず
抗い
うたい
さまよえる
夢想家であることだけを
誇りに

和音

♪

詩は
音楽
ながれ

みず
うみ
波もよう

きれい
好き

かなしい

音《ね》

それだけのもの
たいせつなもの

♬

詩は
滴

心の
瞳
ひびき

ひかり
きれい
好き
かなしい

音《ね》

それだけのもの
たいせつなもの

青い花

初恋あわい夕ぐれには川風にゆらめく
真っ白なホタルブクロきみを
さがしにゆくでしょう

想い明かして薄明かり
うっすらほおに
涙あとのこる夜明けには

赤紫のホタルブクロあなたに
あいにゆくでしょう

疲れながらも憧れやまない魂の
狂おしく悲しい夏の夜には
深青紫のホタルブクロおまえへと
さ迷い泳ぎゆくでしょう

海のような
夜空のような
美しい
青い花

おまえに
おまえの花びらのおくふかく
ぽっと
さいごの
あらんかぎりの
愛
灯しに
眠りに
焦がれとんで
逝《ゆ》くでしょう

こんどこそわたし
ちいさな
ホタルになれたなら

楓、緑。

もえるモミジ葉の、夏。緑。

帰り道
ひとりぼっちの夕ぐれの
風かおる黒髪のおんなのこの
頬からこぼれおちたたくさんの
涙も

田んぼの
早苗《さなえ》の手のひらに
受けとめられ
無数の
滴

ひと粒ひと粒
夜空の
まるい月を
宿します

「まるでわたしたちのタマゴのようね」

カエル、蛙手、楓あおあお愛うたう

月のひかり。
水のかがやき。
風に。

もえて、
愛《かな》しみの、

夏。緑。

雨《あめ》みどり

ちいさなむすうの口をあけ

草むら木《こ》の葉
雨に照り増す
夏緑

水たまり
水紋もほら
木琴《もっきん》たたくよう

波打ちぎわで

かえせ
かえしてください
かえしてくださいますように
どうか
と

より弱く
静かな切実な思いのさざ波
砂浜の
終わりのないメビウスの
輪廻する波打ちぎわで
くりかえし泡立ち
つぶやきやまない

*
還我未生時　王梵志

粒《りゅう》星《せい》

宇宙の自然の世界の社会の人間の暴力に
さらされさらわれ流され壊され
恐れおののくいまを
砂粒のように耐える

水滴に憧れゆらめきふるえふくらむ願いを
見失わないことだけは懸命に守りたいと
流され壊され潰されそうなこの
ふあんの夜を
人でありながら雨に負けず
砂粒のように耐える

悲しみも雨もしずまりますように
つぶやく声もこころもあらわせず
涙粒でしかないまま
雨粒《あまつぶ》にうたれ
砂粒のように

あすあなたと
星粒を
仰ぎみることがまたできますように

海に還る

掬いあげられず
ことばの
手のひら
ゆびのすきまから
さよならしてゆく
波だちを

こころの
砂浜
ひざかかえ
さらさら
聴いてる

夕陽も
海も
無言の
有言《ゆうごん》

寄せ返し
くりかえし
波に素足を
洗われ
誘われ

海きみに
波のまに
波の色に
あおに
黄泉還《よみがえ》りたい

雨色《あめいろ》
雲間差した日の色
夕陽色
染みこんだ
虹色
るり色
涙つぶ
ひと滴

砂浜満ちる潮に
贈り還す

ねむの羽

明けないコロナの長梅雨《ながつゆ》にも
鳴き始め。
せみ。
この、夏眩しく。
「待っていたの」と
そばで
梢で
うちしめり
咲き残り
清く白
淡く紅《くれない》の
羽
うちふるわせ

ないて愛《かな》しい
ねむの木の花

星座

あなたは青い花に
わたしは白い花に

かないますようにと
最後に吹きこむ息に
ふくらむ
折り鶴のように

葉色うすきみどりの
つぼみのきみの頬
ほおづきのように
ふっくら

あなたは白い花に
わたしは藍の花に

まるみ色づき
海色《うみいろ》
星色《ほしいろ》
染まってゆき

ふいに
裂け
花びらは
羽

舞い上がる
千羽の鶴たちの
ねがいをはこぶ
連なり

あなたは愛の星に
わたしは死の星に

桔梗《ききょう》の花たちと
宙《そら》を裂き
羽ばたく
星座に

咲いて、いる。

病に弱まる気持ちさえ
励まし癒してしまう心の花の、
人は。いる。

憂い雲のすき間から

憂いの日暮れにもふいに
かなえられたこと

コロナと豪雨の
重い雲のすき間から
あなたの
声
軽やかに
ふりそそいでくれたこと

かなかな

晩夏

まだ来ない夏
もう終わるのかな
激しくかなかな木立ゆらして
夕暮れる

かなかな哀しくみずからの
挽歌に透かされ死の国へ逝《ゆ》く

野の花のように

ふっと目覚め
あの朝顔のように
真昼垂直の影を濃く
あの向日葵《ひまわり》のように
ヒグラシの斜光セピア色にあびて
あの白ユリのように

この夏
こんな
夜《よる》の世にも
野の
花のように

ひとも
咲けるのなら
よいのに

野の
花
のような

ひと
ひとを
見うしなわず
うしなわず
野に

その日まで
できるなら
咲いて
いよう

夏がくれば

スイカはまるく原爆は悪だモクトウする

ねこねこおまえの

真夏の夜道の
スフィンクス姿
闇にはんぶん
溶けている
黒猫

なで声やわらかに
「しぇえくすぴあ」

「？」

みつめあい

「●」
「●」

ねこねこおまえの
退屈しのぎの気まぐれな
猫語の謎かけ

あんまりにも
優しすぎる

「シェークスピア」って
ちゃんとぼくの
闇にも聞こえる

夏空

夏いのち
セミの音《ね》の水紋の
なみだち

かきわけおよぐ
夏木立

ほらあそこに
ふきあげる
夏ユリの
噴水

青空

夕空

星空

鈴

炎天の
コロナの悪夢の
真夏の夜の草のまに

秋のいのち
鈴

黄陽《こうよう》

真昼間《まひるま》真夏の陽射しも
つかのまの
晩夏

いつのまにか澄みきる黄のひかり
瞳に染みいり
息づく初秋《しょしゅう》

季節きえ果てるまでセミ悲しみの
挽歌
夏草かげにりりりりりせつなく
相聞歌

みあげる子猫の
虹彩《こうさい》の
水面《すいめん》
澄みやどる月

深まる黄のひかりに
洗われ染められ
すくいあげられ
どこか
とおくへゆきたいと

コロナにも人間にもむしばまれたこの星の夜《よる》に
彩られ

色づき
ふくらんでゆけ

肌色の
あかみの
ひと、生きものの
息づかいする
たおやかな
秋に

コロナの星

茜色《あかねいろ》も沈む
底なし夜空の果てに
無音まぶしく
囁むような

砂金

星言葉さらさら
話しかけてくれますことには

「すなおな言葉
そのコロナの星のうえきみはいつ
失くしたの？
ワスレタの？

好きな草花
愛おしいひとの歌
思い出せもしないの？
まだ息してるの？」

遥かあなたからこぼれおちてくる光の
金色《こんじき》の砂粒
瞳の水たまりにうかべ

「こころの肺の奥深く
ガラスの破片に
ササレキザマレ
息できず
苦しく痛くても

けんめいにけんきょに生かされている
ひとでわたしもさいごまであれますように」

生き苦しくマスクしてイキを
吸って
吐いて

秋のいのち

雨曇り
夜空の岸辺みつけられなくても
足もと草のまからたちのぼる
星色《ほしいろ》の
いのちの波の
しらべ

もみじ

愛《かな》しみ
黄葉《もみじ》に照り

悲しみに
紅葉《もみじ》いたみ

かなしみばかり
もみじふる

ハナミズキ

春かろやかな花
ハナミズキ

葉も
実のまるみも
いつのまに
色づき
赤い
秋

あの日のあなたの泣きはらした目のよう

湖の和音

救いは白鳥《はくちょう》の
踊りと
音楽

なりやまない
旋律はある
のでしょうか

息を
澄ませて
糸にして
あなたの
透きとおる
糸に
くぐらせ

ちいさな
透明な
花の環《わ》

あなたと
紡げたなら
よいのに

白鳥のように
湖の和音
さざなみの
光の環《わ》の
花飾りに
涙の花びら
添えて

秋のはあと

真昼間《まひるま》でさえ
白昼色の垂直の
目映く激しく強い
きらめき嫌い
疑い失い
すねて斜めに

首傾げ
お日さまの
直視
まなざし
かわし
ずらし

陽射しの
リズムも
なだらかな
セピア色の
ぐらでえしょん

木《こ》の葉たちの
はあとの
はあもにいにも
愁いのプリズム
染み

あからみの
秋

息してる

純粋律

胸苦しさに流しこむ音色《ねいろ》に染められこころうすれ
ピアノ色《いろ》にきえてゆければよいのに

好きなひとの歌声に染められくりかえし鼓動
ふるえたのは遠いむかし

激しくかき鳴らす弦の響きの高鳴りに息苦しさ
かき消せたのはもうむかし

声も音色も悲しみもろともうすれあそこまで
とおくたかくゆければよいのに

どのような歌声泣き声でも
音符のリズムうきしずむ旋律でも
もうかまいませんから

息つぎうまくできなくても
流されれのまれうすれてゆける

海の波まの
星夜《ほしよ》の
純粋

いつか
おとずれてくださいますように

なぎさ

うしなったものはなに
？

星の海を
いためつけ
人間

水銀カドミウム
放射性物質
バラマキタレナガシ
白昼悪夢

うしなうものはなに
？

いためつけられる
銀河の海の
あおい
貝殻

海の星の
生きものの
息

夕暮れなぎさ
海のなみ

母を

泣かせるなんて
ヒトデナシ
闇世《やみよ》のなぎさ
海のなみ

こころくもり日には

こんなこころくもり日には
海へゆこう
波をただ眺めよう

こんなこころくもり日には
林へゆこう
緑をただ眺めよう

こんなこころくもり日には
野道へゆこう
野の草花と話そう

こんなこころ雨ふりには
音楽にゆこう
音色《ねいろ》の海に染まろう

こんなこころ雨ふりには
絵にゆこう
色彩の紅葉《もみじ》と燃えよう

こんなどしゃぶりには
ふとんにゆこう
目覚められるまでただ眠ろう

目覚められるなら
雨あがり
悲しみの
星空あおごう

雨もやみ
朝陽もさすなら
あなたへゆこう

愛してまた
生きよう

アカネ

楓《かえで》さらさら
朱色《あかねいろ》ささやきのみち
夕陽の泉に
アキアカネ舞うみち

つかのまの星の

つかのまの、現世利益《げんせりやく》を願い、
永遠の苦しみ痛みではなくやすらぎを祈る、ひと。
つかのまの星の、いつ、
どこから、どのような言語、発音、呼び名で、
どのような姿を思い浮かべられ、呼びかけられようと、
願いと祈りを向けられる永遠にとってはほとんど
差別されないささいなことではないのだろうか。

願いと祈り。
汚《よご》れた命の体の心の目も瞳も、
涙の切実さの、
悲しみの純度で洗われ、
瞬く、

つかのま、

蛍とともに、
星空に。

ちゆ

伝えるたびすこし、
なにか、
治癒してゆく、
感じる、
口あけた傷の痛みはまだふさがらなくても、
診療室の薬品の、
苦い匂いの、
緊張のなかでも。

ありがとう

看護師さん、

ございます、

くりかえし、
伝えるたび。

絵画

純《じゅん》音《おん》結《けっ》晶《しょう》心《しん》雪《せつ》

さざん花

このみち冬の枯れ葉みち
散り敷く花びら
赤いみち

かじかみかざす
ともり火

あなたは
真冬の
さざん花

星飾り

まぶた閉じれば
夕日色《ゆうひいろ》に肌透かされ
散りまがう木《こ》の葉も紅葉《もみじ》も
ふりまどうほどに淡くうすれゆくおもかげの花さくら

ひかりもかなたへしずみ冷えゆくまま雨粒《あまつぶ》もなみだも
ま白にさらさら雪の粉《こ》
ゆくえなくくらがりさまよい浮かびしずむなげき
凍りつく果てでちらちら
灯《とも》りまたたく祈り色《いろ》あたたかな星の粉

十二月
枯れ葉もない
しわがれた
枯れ木のもと
まぶた閉じて
音楽に
旋律にすがり
かなしみの
音階
澄みのぼれば

枯れ木のいただき
すきまだらけの
枯れ枝いちめん
真冬のいたみの
星飾り

無限旋律画

曇り空にも雨粒《あまつぶ》と光の粒子の浮かべる
虹のように
ふゆうするごみくずの
凍える結晶やわらかにふんわり生まれ変わる
ゆき綿のように
宇宙空間の星くずの粒子ちりちり
放物線の軌跡にきえてゆく
流星《りゅうせい》花火のように

糸くずと涙粒《なみだつぶ》ばかりで編みつづけるあなたへの
マフラーのように

コロナの闇にも人くずの
音楽と
絵と
詩を

瞳のおく
耳たぶのそこ
果てしない暗がりのひろがりにも
うすあかり

ぽっ

と
明滅する
音色《ねいろ》絵の具の
透明旋律画
無音《むおん》ことば
無限鼓動する
星座を

雪あかり

拡大カラー画像ちらつき刺され凍えるばかりの
コロナの真冬のいまでさえ雪あかりあなたは
ゆくえしらずのわたしにも真綿のようにあたたかな
ゆくすえにともるしらべでした

薄幸

陽を浴びて陽射しに向かい歩いていいてふと
足もとの影に気づき
振り返ると
歩いてきたのは
闇でしかなかった
暗闇のなか暗闇に向かい歩くしかなくてふと

うつむくと足もとに
影はない
振り返ると
歩いてきた軌跡
闇とは呼べない
いちどかぎりの奇跡
涙混じりの光粒
まばゆい悲しみの
連なりだと

そのように歩みたい

そのようにしか歩けない

そのように歩み
立ち止まり
振り返りまた

暗闇を歩みたい

苦しみはやがて
発酵し
この
悲しみもいつか
発光する

白梅《しらうめ》の香り（短詩の木花《きばな》）

＊

香れかなしみも
あのそらのあおに
白梅の花

＊

ながくながく生きてはじめてあなたの香りをしりました

＊

あなたは胸のおくから青空へふくらむあまい香りでした

＊

香りを風の記憶にまき染めて

青空白雲《しらくも》さようなら
ちってゆく花びら
わすれない

＊

にがみのまざらない
香りもあるのだと
しりました

＊

颪のあと青空に
とりのこされたのは
ピアノの香る
余韻

＊

水色の空の湖に
バレリーナ
白梅の花

＊

うすらぎ溶け
静まり果て
夕やみ

枝先さす空に
いちりんの
白い
三日月の花

揺れる地をも
見守れ

いのちの花を

見放さず
見守れ

＊

死花《しばな》

詩花《しばな》
木花も
香れ

三月、海辺で

黙っている花あなたの
悲しみが聞こえた

別れの曲

音に人を
詩に
別れた人
を
おもう

音も涙する

鳩地蔵

天使の白い羽はまとわず
舞いおりて道ばた
山鳩すがたの
お地蔵さまにおじぎする

虹の切れ橋

沈むまぎわ雨雲と地とのすきま
すべり射す西日に
瞬き
どす黒い宙《そら》刺し
欠けてゆく
虹の

切れ橋
かけら散りこぼれ
なぜ

生まれ泣いて生き死ぬ

ゆめのわ

きのうのゆめであなたとあえて
たくさんはなしたの　と
きのうのゆめであんなにたくさん
あなたとはなしたわたしへ
あなたがまどろむようにいうから

ふたりともゆめへゆき
ゆめにめざめていたきのうを
おもいだす

ゆめのきのうはほんとうは
ずっととおいむかしのこと

かな
もしかするとこれからのこと
かも

あなたへわたしからあなたからわたしへ
すこしだけねじれ
花の環《わ》なしてむすばれている
ゆめで

たくさんはなしたねいまあなたと
こうして生き
息をして
ゆめみているように
紡ぎだしゆめみ
生きてゆけるように

はる

ふるふる春ふるゆきやなぎ

すみれ

星の地の町はずれ
空き地のかたすみ
うつむきかげん

うっすら息する
うすむらさき
スミレきみのそばでなら
またわたしも

ののはな

野に咲く純な花がいい

ひとり
ぼっち
ひとり
ポっち

しおれがち
泥化粧
雨まだら
涙あと

素顔素朴な
花がいい

歌いながら

それでも
青空あおぎ
かなしみ
ながし

けれども
わたし
歌いながら

生き

ゆきましょう

生きづらい
やわらかな
音色《ねいろ》かすかなたましいの
純にだけ
響く
歌

言葉の
壁
飛び越えて
小鳥になれるときはある

さくら

儚い遥かな花が好き

追走曲

散りしきりさくら
ささやきかわすのです
はかないはるかな
　はかない
　　はるかな
　　　あなたが
好き
　好き
　　はるかな
　　　はかない
　花
　　あなたが
　　　好き

楽譜

頁めくれば桜色の音《ね》
ショパンの楽譜に香りたち
透かされて夕映えの
花
散りまどう

ハルジオン

丘の若葉木漏れ日こみち
草のみちさくさく
さまよい歩けば
チョウチョもトンボも
ウグイスのさえずりも
ときめきの羽ひろげ
恋人の
微笑みの
「めぐりあえたね
　はじめまして」
抱擁のよう
「またね
　さようなら」
恋人の
ハルジオンの
微笑みの

果実《かじつ》

生まれて
ゆめをみた
死ぬまで

ゆめをみる
まるでふよういな
苦い果実の
音楽のよう

あとさきはしらない
にげてゆくからこそ
おまえ

ゆめ

ゆめのゆめ

ゆめ
など
ゆめゆめみるべからず
とも
おもえども

憎悪の銃撃
爆弾ロケット弾
なげかわしあう
嘆きの星のうえ
など
とも
おもえども

あまたの
星空のもと

あなた
ゆめみる

みぢかに

いじめられているひと
たすけずにはいられないひと
いつもみぢかにかならずいると
しりつたえつたえられ

生まれ

あのお
どちらの
お生まれですか？

あなたと
おなじ

天の川です

七夕《たなばた》

細胞繊維の全身を
星色体《せいしょくたい》の全心を
旋律にたわめ
よこたわり
このまま
天の川になり眠ろう
愛しあえるという
記憶も
聞こえてくるはず

水彩心音《しんおん》

雨だれひと滴
耳たぶくすぐり
注がれ
細胞ひと粒
音符に変わる

雨だれひと滴
まつげぬらし
沁みて
こころひと粒
音符に変わる

雨色《あめいろ》の旋律に
ひと粒
ひと粒
跳ねおどり
かがやいて

かなしみもいつか
音楽に
なにもかもすべて
なにもかも
水彩の
音楽に
変われ

痛くないいたくない
いたくない痛くない

嫌な世に

嫌な世にも満月

花、あなた色《いろ》の

いいえスズランではありません
ホタルブクロではありません

うつむきかげん
災いの地にも時にも
みちばたに
可憐な
花

あの日話してくださったあなたの
くちもとに似て

幸い色の
幸いの音《ね》の
幸いの香《か》の

夕空にも

花

透明せかい

その瞳になにをなにを

なにを
おくふかく
うつし
やどしているの？

みえない
ききとれない
さわれない
とどかない
せかい

お し え て

溶けこめない
溶けいりたい

あなた
とうめい
せかい

ぁ

風

の影

ぁ

光の

水

響き、滴の

音符のように
どこまでもどこまでも
澄みきってゆく
音楽の
滴に

なれないけれど
言葉

うつろう空の無限色《むげんしょく》
ふるえうつす瞳に
なら

無色になれない
悲しみ
やどす涙に
なら

濁りきらずに
堕ちきらずに

そのすがたで
壊れこぼれず
耐え
たたえている
なら

なれるいつか
きっと

響きに

滴に

海に、白ユリに

夏が終わり生き延びていたら
海に、
息しにいこう

夏陽《なつひ》指し初《はつ》ユリ映《は》ゆ

白ユリ結ばれる花
しあわせと詩と死と

都心《ろしん》溶解陽炎《コロナ》朦朧
ふるさと恋し
海ヒカル

星の粉《こ》

無機物を恋う

白鳥座の
羽ばたきの
ほし波
あび

有機物の
異郷で
異教に
まどい

郷里への
境界

星界《せいかい》を
星粒《ほしつぶ》を恋う

有機物であるかぎりは
たとえ憎しみに
もまれまみれても
捨てず見失わず
有機物の子として
いのち
うやまい愛する
星くずであること

鐘

長崎の

鐘に痛み
鎮め想い
澄ませ願い

かなえてゆく

泉

音楽は奏で弾ませる、
音とリズムでこころの
五線譜を。

絵画は描《えが》き染めあげる、
線と色彩でこころの
キャンバスを。

詩はうつ。ことばで、
無言の、ひとのこころ、
無限の、泉を。

ゆめみの森

無色《むしょく》無音無欲の
ニルヴァーナ
しずけさはあまりに
はるか
けしてゆきつけやしない
なげきに

せめて
色あざやかな
音楽
こころやすらぐ
無言の
不思議の森
眠れる
故郷《くに》へ

なにもかもけしさられ
きえさりうすれゆける
どこか

とおくへ

夜な夜なゆめみの
メランコリー
霧中
さまよう

息

とまるまでは

ふいうち

目にみえず
しんしんかなしげに
ないているのは

雪ではなく若葉のさやぎではなく
小鳥でもセミでも

ウイルスでもなく
真白《ましろ》のワンピース姿
歩みさる黒髪の
少女の
真夏の後ろ影
ですらなく

はにかむように
しのびやかな
初秋

ふいのおとずれでした

シアワセ

やみくもに
星のように
ちりばめまきちらす
かみさまナゼフコウバカリヲ

「不幸」を
シアワセ
って
読んでもかまうもんか
「絶望」をキボウと
読みちがえるのが
生きる意思だ

けれども

不幸はフコウ
絶望はゼツボウ
イシの果て
ネガイの背後から
天使の姿で
舞いおりる
その羽ばたき
なみだうつ
ささやきは

「のぞみの海をうしなうな
海にのぞみを
みうしないなさるな」

かなしみ

かなしみばかりの日には
ピアノの
音色《ねいろ》に
溶けた
ふりをする

モジズリ

おちてゆくねむりのらせんのねがいごと

またためざめるのなら
砂がいい
熱い砂漠じゃなくて
青い海の波うちぎわの
砂浜の

ねむりのらせんのとなえごと

まだめざめるのなら
ハナがいい
顔にじゃなくて
人のいない
野原草原高原の
植物世界の
できればちいさな
花がいい

もうめざめない
ねむりらせん
ネジバナ夢花
しのぶモジズリ
それもいい

透明流音《りゅうおん》

草むらから
透明流音
風に涼やかに舞いあがる
ひふにみみに舞いおり
ふりつもる

なつかしい草の香色《かいろ》かすかな風の音《おと》に染みて

瞳のおく胸のおく
おもくるしい闇にも
やわらかに
こまやかに
雪のように
ことばなく
ささやき
ふりつもる

月のない夜《よる》

蛍のように
おぼろな
うすあかり
しんしん
ふり
ともる

秋を航《わた》る

こころも彩られますように
この秋にも

コロナとじゃなく
木木の
木《こ》の葉の
虹と

ほら
こころ澄ませば
やまやまのしじま
カサコソいま色づく

葉むらの息吹
星星とかわす吐息

きこえる

傷んでもこころは
焦がれさまよえる
舞い散り木の葉のように

星空さえ航れる

おもいだすのは　さよならばかり

指を傷めて練習しても
上手く弾けず
手離したギター

探しもとめても
みつけられなかった
メロディー

あふれだし
みつかるのはいまも
かなしみばかり

抱きかかえいま
つまびいているように

旋律にのせいま
くちずさんでいるように

おもいだすのは
さよならばかり

うたう

ことば
かなで

うたう

こころの
こえの
リズム

初恋

あの草むらのピアニッシモ
初秋《しょしゅう》の少女コオロギに

初恋してるよう

朝顔

いちりんいちりん
夜空の
瞳
閉じて

いちりんいちりん
地に
星の
おもかげ

めざめれば
朝顔
あおく
あかく

いちにちかぎりを

此岸《しがん》にも花

彼岸花この街
訪れてくれない

赤い花
紅《くれない》の花
白い花
いちめんに

咲き散り
さよなら見おくる秋なのに

曼珠沙華《まんじゅしゃげ》わたしを
訪れてくれない
彼岸花曼珠沙華
あなたにあいにゆく

バッタの子

バッタの子
そこ行《い》けそこ行《い》け
お通り待ちます

祈り

祈り

遥か

最愛

最善へ
求愛
せずに
いられず
いのちかけ
一心に
無心

詩花《しか》

うすく開く
ことばの
花びら
透け香る
美しさ
地味からこそ
根ざす
こころの
滋美《じみ》にこそ
詩花
悲歌
美花《びか》
慈歌

おこない

生まれたとき
看護され
闘病がはじまる
看護され
看護し
生きることは
闘病すること
看護され

看護し
看護され
闘病することは
生きることを
愛すること

生きることは
闘病すること
闘病することは
愛すること

と
なにもいわない
あのひとの
あたりまえのような
しずかな
おこないがわたしに

ニッポンチャチャチャ

傲り偉ぶりうぬぼれるな議員
代理できないことにこそ
投票した人それぞれ
その人こその
ひとりひとりの
真珠はある

あっぱれアホンダラ
にっぽん

秋宇宙《コスモス》いろの

たちくらみねじれ倒れてゆくまぶたのうらにゆうひ
うっすら沁みて
瞬きのまに生まれ変われ風に吹かれしなうかなしみの
わたしもコスモス
ゆうひ花に溶け花はゆうひに溶けいちめんのコスモス
あのひかりのなか立ち去ってゆくうしろかげ
あなたをみたさいごでした

花の姿に変わってゆきながら
話すことも
つたえる言葉も
うすれ忘れてゆきながら
わたしはただ
ただあなたへ

さようなら
コスモス
さようなら

揺れていました

なみだは
ながれません

ながすことが
できません

なみだは
秋宇宙いろの
あのゆうひ

海・闇

間にあうだろうか
この日暮れ

あの向こうにはあるはず
香る潮騒《しおさい》の
かがやき

もう
闇
なにもない

より深く
聴くばかり
より強く
見つめるばかり

海

海・あお

秋がきたから海にきた

果たせなかった
約束

折れ砕けた固い
誓い

追いすがれば遠のく
希望

こなごなのわたしを撒きに

過去のちいさな
ちりくずの

涙

くりかえし
ゆらめき

　　忘れられない

絶えまなく変わり

　　忘れないで

少しも変わらず

　　忘れない

記憶の

海
　　きみは

　　　いま美しく

おおきな
あお

喜びは悲しみの

喜びは悲しみのもと

いまは涙の水音《みなおと》

いつか愛《かな》しい
微笑みの
海の

遥かな
みなもとの

泉に

あかい地平線から

あかい地平線からたちのぼる
夜空の海の
藍に

響きかがやく
声

イルカ月

黄の葉

イチョウ落葉
踏めば乾いた冬音
幹みあげれば
枯れ枝

黄の
月の葉

なみだ笑み

涙をまつげいっぱいに

しゃくりあげていた
おさないおんなの子の
かなしみの
今日
明日《あした》
笑顔の紅葉《もみじ》に
なりますように

星紅葉《ほしもみじ》

紅葉散り
枯れ枝
抜けて

青空

枯れ木に
ともる
聖夜

星紅葉

詩宇宙

ここではないところ
どこでもないところ
いつでもないとき
いつかもないとき

憧れ逃避
旅
いのり

地獄天国ニルヴァーナ
天使堕天使エンマ餓鬼

どこにもないところ
いつにもないとき
夢宇宙新宇宙真宇宙

なんにもないところ

なにもかもあふれる
詩宇宙

届けて

届けてくれたこだま
きみになら
伝えてくれた言葉
そのまま

響きかえせる

「うれしい」

って

もういちど
こだまして
あのひとに
届けて

歌える

やわらかに弾んで
ふるえやさしく

歌っているような
あなたの
はなし声になら

シアワセユクエフメイノ
この世界だって
まだ

歌える

ねがい

なみだあとのこるなげきの

めざめのまどろみに
たちさるひとのおぼろなうしろすがた
みていたきがした

よあけまえ
クリスマス

かなうことのないゆめ
しんじることのできなくなった
さびしいまくらもと
かなしみの寒さにも

そっとのこしてくれたかおり
かたちのこらないくちづけ
なんのこんきょもない
励まし

いちえんの値づけすらできない
なんのいみもない
詩のような

なにものにもかえられない
きえさることのない

希望

あなたの
ゆめ
かなうといい
ね
あなたは

ゆめ

愛

＊

横書き詩

愛

つかれてこそ
アムール　Amour

つかれたのか
ラブ　Love

フッブ　حب
つかれたりしない

つかれたら
サラン　사랑

むねとむね
Heart & ♡
心にこころ

つかれたね　と
愛

他意なく
他愛なく
愛なく　なくなく
つかれはてるのか

しゃれにもならない
だじゃれにすらなれず
うたになんて
なりたくても
なれなかったんだ

つかれてこそ
アムール　Amour

つかれたのか
ラブ　Love

フッブ　حب
つかれたりしない

つかれたら
サラン　사랑

つかれても
愛

ソラ・シ・ド

♪

詩

みふぁ　空
ミフ　ァ
フ
ミ
レ

sun

凍りつく夜の地にも
霜柱
sunsun
曙光に輝き

寒さに笑み
可憐

すみれ
sun 色

Song

響けば
歌詞なんて
わからなくてよかった

Love だけは
聞きとれた

あかとんボ

ゆうひ
ひりひり

ボ

か
あ　　　　　ん
と

しずく

あま音 。
。
しずか

しずく 。
。花 。
。

花

花 。

きれい 。
。

すくわれる 。

黒と白、かなかなワルツ

夕焼けオレンジたそがれカナカナ
この日の終わり夜のはじまり
きれいに澄みのぼりやけに
痛いじゃないか

ただただあなたは
うつうつのワルツ
美しく奏でられるふり
せめてしていなさいと

真夏のはじまりこの季節の終わり
黒鍵のふるえ
カナカナ誘う
ノクターン

どうしてそんなに
なきいそぐのかあなたは
生きつくすのか愛しく
詩にいそぐのか
煌めき響き消えてゆくのか

終わりのはじまり
しずけさへ

黒 白 黒 白 黒 白 黒 白
（ 息 ）
黒 白 黒 黒 黒 黒 黒 白
白 白 白

クロ シロ クロ シロ クロ シロ クロ シロ
（ 息 ）
クロ シロ クロ クロ クロ クロ クロ シロ
シロ シロ シロ

曲の終わりまぎわ初めて思いしる
愛したのでしたあなたを　愛し
あいたかったのでした
あなたと

黒 白 黒 黒 黒 黒 クロ シロ
（ 息をせず休むことなくつづけて ）
クロ シロ クロ シロ クロ クロ クロ クロ
カナ カナ カナ カナ かな かな かな 愛

純粋花　＊長詩

晩餐《ばんさん》。ねこと紫陽花とおさかなと。

お話できるの
ひさしぶりだね
ねこ
紫陽花《あじさい》まあるい
花かげで

くもりこころ夜空
どのあたり
いるんだろうか
お月さま

おまえの
お目め
いつもやさしい
お月さま

お話させてね
ねこ

ほらおたべこざかな
ついきのう
愛いろの海
およいでいた

紫陽花の
花束にくるみ
晩餐
ふたりいただきかなしく
あじわおう

赤むらさき青むらさきに
染められちからづけられたら
はかなさあやうさあわさ
あわあわ
おびれむなびれ花びら
はたはた
さずけられた
おさかなお花のふりょくで

遠くとおく
宇宙空間

らせんえがき
およいでゆこうね
ねこ

お月さまに
あいにゆこうね
ねこ

白ゆりの花、こねこに

真夏の陽射しに鳴き声きえた
のらねここねこはいなくなり

お花の根もとにねころんで
静かにお目めとじてるの？
せみしぐれみあげ野ざらし
紫外線放射能どしゃぶり
あびてるの？

泣き虫こねこはどこいった

鈴の音ならしてごちそうお部屋で
お昼寝《ね》してるの？
優しい手のひら感じているの？

くろねここねこはどこいった

お目めの三日月おふねを夜空に
浮かべているの？

のらねこくろねこかわいいこねこ
きえちゃった

まぶしい陽射しにのびしてころがる
愛《かな》しいおまえ
のらねここねこ
きえちゃった

こだま

ほっそり立ちつくす
うすきみどりの流線形
美しい白ゆりのつぼみに

しがみつくままうす茶の
せみの
ぬけがら

どこにいったの?

いまもこねこ
泣いてるの?

こだま

あちらこちらみどりの草のま
きままにうろついたこねこおまえの
むすうの足跡の星の記憶ちりばめられた
やわらかな土から

立ちのぼりうっすら息をはく
白ゆりの花

ひかりのかげからおまえ
ひょっこり

でてきてくれそうで

白ゆりこねこの祈りうた

せみしぐれとまるで奏であうように
草のまから聞こえてきたのは
いなくなったのらねここねこの
鳴き声のようでした
そばに駆け寄るとこねこは
いませんでした

ゆれているのは
白ゆりの花

こねこのように透きとおる
みゃおにゃおの花びら
ひらいてくれたのです
しずかに
無言の
ゆりことばで

「祈ることしかできない
無力に
立ちつくしても
しおれることはないわ
祈りの花咲かせることができるあなたが
こねこゆりのわたしは
好き

祈らずにいられない
ひとの花
ひとらしく生きようとしてる
苦しい悲しい痛いあなたの
こころにだけ香る
花だもの」

「ゆりこねこぼくは
祈りながら殺せと命じられる
宗教なんて信じられない」

「悲しいひと
おひとよしのあなたは
だまされてしまったのね

祈りの種子に
愛の願いの精に
ゆりこねこの花
わたしは
咲けたけれど

あなたを蔑み傷つけたのは
祈りも愛も願いもない偽りの
狂信原子核
放射能の雨

ほら夜空にはあんなに
愛《かな》しい流星群
みゃおにゃお鳴いてる
星空に宗派の垣根なんて
ないよって
こねこのように
白ゆりのように
あちらにもこちらにも
祈り星

ひとの花の
香り

祈りと愛と願いがあなたに
宿りふりそそぎますように」

「ゆりこねこぼくはもうとても
疲れたんだ干からび枯れて
おまえの土に眠りたい」

「疲れたなら眠りなさい
わたしのそばで

しずかに無言の
花びらで
祈ることしかできない
愛することしかできない
願うことしかできない
星の花
こころの花
こねこゆりになりなさい

咲き枯れて散りなさい
みゃおにゃお
泣きながらわたしと
咲きましょう」

きづくとお月さまのひかりのもと
ぼくも土にたたずむ
白ゆりでした

「のらねここねこである日にも
日暮しかなかなつくつくぼうし
夏の終わりの傾くセピア色のひかりに
なつかしく溶けてゆく日にも
青空のむこう
流星の花びら散らす日にも
銀河のかたすみ空爆におびえ
ひざを抱えうずくまる日にも

祈り愛し願い
ゆりこねこのわたしと
お月さまみあげ
澄んだひかりに

ゆき色の花のうた浮かべ
鳴きましょう
咲き泣き生きて
逝《ゆ》きましょう」

木立のせみの
田んぼのかえるの
草のまのすずむしこおろぎの
うた
美しく舞いのぼれば
星しぐれ

お月さまの
ひかりにほら
こねこ座も溶け
なんてやさしい
祈り

旋律のしずくに
花びらくちびるぬらし
ふたりしずかにいつまでも
いちめんのゆりこねこたちと
みゃおにゃお

「この地上に
　なんの罪もないシリアの
　子どもの頭上に
こねこもこいぬもことりも花も木もひとも
けんめいに愛しあい生きている地に
傲慢で身勝手な集団の爆弾など
二度ともう飛び交いませんように

うた声とさえずりの音楽ばかりが
星のまのゆりとなり
祈りと愛と願いを
青空から宇宙時空にまで
愛《かな》しく
描きつづけますように」

こねこマリアのレット・イット・ビー

真夜中の枕もと耳もと
寝息まじり鳴き声まじりに
ささやきがきこえた
レット・イット・ビーのマリアさまの
訪れのようにしずかに
こねこおまえはみゃおにゃお
頬をなめ話してくれたね

「わたし探しているの
空を

ミサイルにミサイルを
銃に銃を
軍隊に軍隊を
核に核を
もっともらしく命じて
競いあい準備したなら

言いがかりで
戦いはじめるのは
カッコよくみえて
カッコよく宣伝されて
正義とうたわれて
とってもかんたんになるけれど

戦いがはじまれば
銃をもつ手のない
こねことことりとあかんぼと
おさないおんなのこと
おかあさんとこどもが

とってもかんたんに
殺されるだけ

地平線の国境線の
こちらのまちでも
あちらのまちでも

勇敢に
戦争をはじめる
カッコいいエライひとは
ミサイルのこないところに
銃のとどかないところに
お互い上手に隠れて
正義のためお国のため
オレさまのために
殺しあえと
命じるだけ

痛み傷つき苦しみ悲しみ
殺されるのは
銃をもてない
こねことことりとあかんぼと
おさないおんなのこと

おかあさんからとりあげられた
兵隊さんだけ

お金持ちはうまく逃れるのに
貧しさに追いこまれ
兵役に閉じこめられ
殺したくない殺さないただそれだけで
臆病な反社会的分子だ
殺人忌避の罪だ人非人だと
拷問され焼きゴテで烙印おされ

ねこだましねこいらずの
勇敢な優生人種むけの
カシコすぎる社会に
いのちはすめないから

わたしみゃおにゃお
みつけにゆくの
ミサイルのない
戦闘機のない
放射能に染まらない

ねこ雲やわらかな

空を」

まだ夜明けまえ
枕もとのこねこは
とても早起き
もうでかけたようでした

愛《かな》しい声音《せいおん》みゃおにゃお
暗闇に響くと
お月さまお星さまも
マリアさまの慈しみの
レット・イット・ビー
美しい静音《せいおん》

明らみはじめる
地平線
水平線

だれにもけがすことなんてできない
だれもがみあげることゆるされた
空に

あ

明けのおめめの明星
灯り

みちびかれるがまま
こねこマリアさまぼくもあなたと
祈り
旅します
みゃおにゃおあるがままなるがまま

アルパカ流星群

その国

その国ではいつのまにか
「政治家」は
あらゆる分野の専門家の提言を
アルパカのたわごとだと見くだす
全知全能の
ロバの耳をもたれたそうです

あらゆる判断をでたらめに
命じることだけがお好きなお方々
「良心」という単語は
読めなくなったそうです
「責任」ってなんだったっけ?
知らないそうです
「未来」なんて
見ないそうです

ロボの国

ここは放置国家
やりたい放題無法空域
軍用ヘリ朝からバリバリ騒音積乱雲
選挙の日の日本国憲法の空にも
破壊の不安のあしたを撒き散らす
戦闘機

格闘威嚇ノススメ
教育勅語とし
煽動集団使命感カンカンに
罵り非難し潰しあい

理想国家に役だたない者
国家宗教狂信教育に従わない者
抹殺せん滅したら
誰もいなくなりました

ただしいものがひとつであるほど
アルパカは
賢くも貧しくもありませんのに

生まれ育つおさなくとうとい
いのち守るおもいなんてもう
いらないそうです

外来宗教
外来神話
外来思想
外来文化
外来芸術
外来教育
外来言語
外来文字
外来人種
外来植物
外来動物

混血憎悪し
異文化異教異人
排斥追放粛清し
役たたず間引き
根絶やしにして

より良い社会
優生純血万世一系神国
奴隷軍隊階級峻別
無敵国家
現出するそうです

建国戦勝記念日には
アルパカも馬も鹿も
ロバさえ
残されませんでした
ロボばかり
整理整頓されています

ねがいの流星群

ゆううつなゆううつなおもくてからっぽのこころに
おもりがほしい
どこまでもしずみながらうかんでゆくこころに
のばしたてのひらのさきゆびさきかすめる
ことばがほしい
つぐみうすくひらいたくちびるふさぎよびつづけられる
なまえがほしい

ぱくぱく　ぱくぱく

クニヲアイスルシュショウサマ
ツウヤクナンテイラヌヒト
ドクリツフソンノオベンチャラ
へいへい　HEYHEY

あるようでないようで
とどきもしないあきらめのはてのあなたへ
おもりのことばのなまえを

もぐもぐ　もぐもぐ

となえずにいられないかもくなしゅんかんの
いのりだけはせめて
すくいであってくれますように

かなうはずもないとなげすて
られもしないとたちくらみ
ゆうじゅうふにゃにゃ

まんじょういっちばんざいさんしょうの
こっかいよとうのせんせいがたのように
けんぜんでけんこうであいこくぶんかてきな
だれもかれもにただしい
おおしえのもじれつ
ふくしょうしまきちらす
きょこくいっちの
あらねばならないことばにだけはけっして
にどとよえない

しらふのまま
ろれつのまわらないよっぱらいのように

せんそうはいやだころすのはいやだいやなものはいやだと

こじんてきなこじんてきな
いきもののにんげんの
じゅもんしんごんなきごといかりの
いのりのことばだけ
となえつづけるんだ

べいこくもちゅうごくもろこくも
どうめいこくもれんごうこくもてきこくもしょこくも
にほんこくもあいこくもきらいだ
こっきょうたいせつになんておもえない

たいりくはんとうしまれっとうはすき
あおくすみわたる海の
この星がすき
まるいめの
こどもがすき

こどもをころすひとはきらい
こどもをころすいきものはきらい
こどもをすきないきものがすき
こどもをすきなひとがすき

うちゅうのくうかんとじかんのあわのような星の
ちへいせんのすいへいせんの
まるみにぶらさがり
浮き浮きなんてもうできなくても
憂き憂き憂きとうきしずみ

すき　きらい　すき　きらい
すき　すき　すき

あこがれとときめきとはじらいとかなしみの
花うらないはらはら
ねがいの流星群にちってゆくんだ

アルパカ反歌

たちどまっていると望まないほうへ流されるばかり
えらんだら数歩だけよりましなほうへゆけるかも
ただしい方角なんてわからなくても
朝陽を夕陽を星たちをしるべに
謙虚をめざすアルパカであるまま
一歩ずつ
あるいてゆこうよ

うつつ

うつつを抜かす
へんてこりんなこの
ことば
すき

ゆめかうつつか
まぼろしか
うつくしいもの
もとめさまよい

うつうつと
うつつまみれに
いつしかうつつ
突き抜ける

　原子力潜水艦
　戦闘爆撃機
　原子力発電所

悪徳政治商人
癌細胞
ウイルス
傲慢
うぬぼれ
過多
ひとらしさ
こころ
過少

むすぼれて
ひろげれば
羽

つぐんで
ひらけば
花

うつろな
うつつ
抜かし
越えて

こころばかりは
うた
咲け
香れ
うつむいて
空へ
彼方へ

さくらいろ変奏

ミツバチ

あんまりにも明るい菜の花きいろ
くちづけ吸いたかった
ミツバチになりたい朝です

ちる花の
羽ばたきのしずけさ
慕いまねて

妖精

まう花びらの羽さくら妖精どこまでゆくの
春のどかなひかりに

一年生

リハーサル
発声練習のよう
ウグイスのうた
さくらいろ

あびてはずんで
ちょっとつまずいてもへっちゃら

かけてゆくよ
一年生

かげろう

うっすら水いろの

空の湖のほとり
宇宙の音《おと》うちよせる
岸辺しずかなひかりに
薄羽《うすば》さくらかげろう
まばゆく
舞いしきる

小舟

そよ風の七《なな》いろの波
ひるがえるはかなさの
花の小舟には
きっとしがみついているよ
（目で追いみんな
　探してる）
おんなのこ
おとこのこ
さくらいろの
恋人たち

風のりあんなに
たかくとおく
小人《こびと》ことばの
ささめき
無音のくすくす
こだましてるよ
無限に

激しすぎる雨の夜にも

ゆうひは満月のよう地平線にゆらめき
お月さまはゆうひのようにまあるくなろうと
ひかれあいよびあい
ひかりかがやき
天の川のささ波の葉の星ぼしも
川岸のふたりも
短冊の赤い星かざり青い星かざりみつめ
ささめいていいます

「天上の雨
　地上の異常な雨どうか
　やみしずまりますように」

ひこ星からの響きなのか
おりひめさまのしらべなのか
神さまの無情な怒号ではないから
わたしにもききとれるのでしょうか？

「ねがわずにはいられなくて
　　ねがうこと
　　　わたしにもできる
　祈らずにはいられなくて
　　祈ること
　　　わたしにもできる
　愛さずにはいられなくて
　　愛すること
　　　わたしにもできる

　激しすぎる雨の夜にも」

荒波のしぶきに天の川の星ぼしも
うかびしずみ
かきけされないよう
さざ波の葉にしがみつくばかりのよう

「なにもしてあげられなくて
　　かなしみおもうこと
　　　わたしにもできる
　できることしかできなくて
　　できるわずかなこと
　　　わたしにもできる

　濁流にちかづけなくても
　非情な無言にうたれても」

青い花、白い花

舞い降りてアゲハ
どこへゆらめきゆくのでしょう
羽とじてルリ色の花
キキョウにあいたかったのでしょう

るりるるる
青い花
あのこの愛した花でした

なにを失ったのでしょう
淡いあいもうす紫もみんななくして
白い花
星のかたちに咲きました
さみしいキキョウ
モンシロチョウのやさしい
羽になりたかったのでしょう

風にのり
あこがれさまよう
あい色のかなしみは
青い空に
白い雲に
咲きひるがえり
わたってゆくのだといいます

生み育ててくれたなつかしいふるさとの
やすらぎの野山を

おぞましいデブリと汚染水の恐怖にも
くりかえす再稼働の悪夢にも
二度と襲わせはしない
あなたの愛した
あなたと愛した
海辺の街を

なぎさの素足から
はるかなあの水平線まで
波としぶきの
キキョウ
咲き散りゆらめく
美しい海を

アオスジアゲハも
モンシロチョウも
もつれあい
ルリと白
ひかりの潮風に
咲かせ

飛翔の曲線
ひらがな

やわらかに
あ　い
　て　ふ
う　み
は　な

くるくる
きまぐれに
かよわい羽で
舞い描き

咲かせつづけるのだといいます

海と空の
青と白の
かすむあの
あわいに

愁花《しゅうか》

秋花《しゅうか》

七いろの
きれいな花にあらわれる
ひとはきたないばかりでも

静かな花には
あらわれる

髪に頬に耳たぶに
川風のやわらかさかんじられたら
まっしろな画布のこころにまだなれる

花いろに染められゆれる
秋の野にまたなれる

萩

うすももしなだれまたたく花かげに

あわみどりしのびやかな葉かげに
しおれうっすら枯れてうつくしい
萩の花

秋画《しゅうが》

極彩《ごくさい》油絵
海の波まに
真紅真白《しんくましろ》の
曼珠沙華《まんじゅしゃげ》

あわい空の水彩に
秋桜《コスモス》

透きとおる風のままにまに
音色《ねいろ》うっすら
萩の花

反歌

海にも空にも地にも恐喝しあう核狂気

秋華《しゅうか》

幻視曼珠沙華

秋果《しゅうか》

朝風にもむしの音《ね》
秋深み
梨の実たわわ

コオロギとなく

秋雑歌《ぞうか》

エンマコオロギ
ツヅレサセコオロギ
音色《ねいろ》もリズムも旋律も
こんなにちがって
おんなじコオロギ

草むらの合奏
鈴虫も鉦叩《カネタタキ》も
こんなにちがって
澄みわたり
月のひかりに
ふくらんでゆく

悲別歌

冷たい雨にうたれ
かぼそくなっても
羽から響きだす

かきけされるまで
凍える夜にも
愛《かな》しみの
コオロギ

キミの恋人
死んでしまったの？
恋の歌は

挽歌《ばんか》に
滴色《しずくいろ》に
音も色も香も
失ってゆくの？

晩秋
木《こ》の葉たちの
虹色
さようならの
プリズム
うすれてゆく

挽歌

草の茎とともに
かぼそいあし折り触角しなわせ
うすあおの空ながれる雲みあげ
葉脈はしる透明な羽の葉っぱ
微かな風にふるわせ
草はらのけんめいな
求愛のうた
地球夕やみ羽ばたき

夜空へ

終わりは始まり
秋楽章《しゅう》　深まり死の
序曲へ

萌える春と燃える夏と新しい秋の愛の
めぐりを祈り音楽を
飛翔するだけ

秋相聞《そうもん》

コオロギとなく

恋の音《おと》
ころころふるわせ
コオロギのような
バイオリンになりたいと
こころがなく

秋の
愛の

終わりの
死といのちの
始まりの季節に

コオロギとなく

反歌

天空《あまぞら》にも野山にもなつかしく
うたのひかり
満ちわたりますように

放射性汚染物質はなくなり
ゆめやわらかな
ゆき野原にも
星空のもと草の根の土に
いのちはぐくまれますようにと

この秋の終わり最期とむきあう
コオロギもなく

＊陰草の生ひたるやどの夕影に鳴くこほろぎは聞けど飽かぬかも
作者未詳　万葉集

秋万葉《あきまんよう》

秋の葉木もれ日こんなに優しい
なんのせい？

気まぐれ虹いろ塗り跳ねあそぶ
葉精《ようせい》のせい

みどり黄みどり黄いろ紫
朱いろこげ茶くれない
まばゆいまんだら
染みてかなしい
なんのせい？

かろやかな秋風ひらら
ひるがえり逃げさってゆく
きみのおもかげのせい

かなかな鈴虫こおろぎのなきがらの
無言歌のせい
すすきの穂も愛の記憶にふるる

秋の旋律
静ひつ
なんのせい？

山鳩枯れ葉ふむあし音のせい
おちてはずんでころがり
かくれてしまうはずかしがりやの
どんぐりのせい

のらねこ子ねこの瞳も
そっくり木《こ》の実
みつけあいみつめあい
ころろ

秋いろ野原おだやか
なんのせい？

山すそまでお母さんと赤んぼの
肌いろあからむせい

お空もやわらか
夕やけもみじ

反歌一葉《いちよう》

くるしくつらいのは
ぼくのせいでもあるけれど
あんまりおかしな世の中のせい
さみしくかなしいのは秋いろのせい
きっとそのせい

反歌二葉《によう》

虹いろもみじに
こころも小鈴
ゆらら枝葉《えだは》にひき結び
きれいな髪飾りを
きみに

＊ひとりのみみれば恋しみかむなびの山のもみじばたおりけりきみ
作者未詳　万葉集

人も心を

月の瞳さやかに子猫おまえの声
夜道夜空に澄みきりわたる

地球くるんとまわるたび
野の
街かどの
道ばたの
枝えだの
花たちの
色彩パレット
新しく鮮やかに
絵の具
描《えが》かれてゆく
こんなにまぶしい
ときめきの

恋の芽吹きの季節に

（世襲資産家世継ぎだろうと
名門大学エリートコース
官邸官庁トップの肩書きだろうと
喚問の吹溜りになおしがみつきあがく
自称責任者たちは腐った臭い生ゴミの
成れの果ての汚物より情けなく惨めに
蔑まれてしまい憐れ自業自得

たとえ授かったものが
人としての生であっても
どこまで
愚かにも
低劣にも
鈍感にも
厚かましくも
品位の
知性の
善意思いやりの
責任感の
恥の
罪の意識の
ひとかけらも
見つけられない
好戦
傲慢
政治家先生動物の森の
横暴な群獣が棲息しうるか
学ばせてくれた
無惨な逆行の
数年間でした）

ここは
人が生きている街
人が生きていくところ

ここは
子猫と子犬の
生きている地
小鳥たち
子どもたちの
羽ばたく
かなかなも
こおろぎも
いのち

星空に
響かせる地

草花も木々も
赤んぼもまりもも
ひそやかな寝息に
やすらう星
地平線水平線のまるいまぶた
くすぐり染めひろがる
曙光に
瞳ひらく星

人も心を

いままた
もういちど
ここに

聖夜《せいや》、雪だるまの

雪だるまの気持ち
またたく夜
寒くだるく危うく灰の世の夕闇に
くずれしずみうずもれかけても

真夜中
公園に校庭に空地に
手のひらで結ばれ生まれた淡雪の
小さないのち
うずくまる子ねこのように
子だるまたち
息してる

朝のひかり
きてくれたなら
真っ白なまぶしさのまま
子どもたちの瞳と
目覚め
ときめきあい

まだいまは
夜
生まれくる予感にみちてみぞれ混じりの
雪の流れ星

ふりやまない
こんなに汚《よご》れた地にもこころにも
おとずれてくれる
聖なる星の涙
やわらかな
産声の羽
やさしい
祝祭の
夜

こだま

校庭で
子どもとわんこ話していたんだ

わるくないよ
雪
だい好きだよ

こだまのこだま

ひとよりあたたかいよ
雪

白い小鳥とイルカに結ばれて

悪の猿の惑星

悪政は教科書の歴史書の文字のインクに
閉じられているのではなく眼と耳と身を
黒い顔料に汚《よご》され読まされる世の今の連続だと知る

けれどもそれでも悪は悪だと
転がりながらも伝えることだけがたぶん
時を書きとどめてゆくこと
人の暗黒を薄めてゆく願い
無色に焦がれる心の愛の証だ
どんな悪政の今にいても

高く遠くうすらかな青空に羽ばたく
白い小鳥のように
かすむ遥か水平線のむこうへ跳ね泳いでゆく
白いイルカのように

心無色でありたいまま飛翔し遊泳してゆくだけだこの
惑星のうえ好きな人も生きものたちもともにいる今はあの
流れ星のようにきれいにはなれないけれど

ヘイトと、願いと祈りと

喜びも楽しさも満ちてるよ
ハッピーじゃないかとご満悦ヘイト
わめきちらす愛国公共民放ＴＶ組織など
どうにでもなればいいけど

願いも祈りも静かに
あるのよというあなたの言葉
痛い

見えない聞こえない感じとれないだけだろうか
鈍くて

あればいいのに
空にも海にも地にも街にも
人の心にも生きものへの眼差しにも
あればいいのにもっと

感じられるように今

なみだ

なみだ
　なみだ
　　なみ　だな　みだ
　　　な　みだ　なみ　だ
　　　　な　み　だ
　　　　　な　み　だ
下方へ無限エコーする　な　み　だ
　　　　　　　連なり光り
　　　　　　　　落ちて
　　　　　　　　　ゆく

ゆきさき見失うまま　静もり
　　　　　止まっているのか
　　　浮かんでいるのか
　　泳いでいるのか
　舞ってゆくのか

雪のように
　羽毛のように
わたあめ雲の
　銀河のように
美しく

　宇宙の闇に散る
（むやみやたらに泣いてるわけじゃない）

たのむから静かにしておくれ
さよならさえいえず
ゆきわかれ
させられた大切な
あの子の
あのひとの
声といのちの
旋律と
離ればなれの
和音さがしてさまよい
ふたたびめぐりあえるその日までループしてでも
滴り奏で落ちてゆきたいだけ

なみだ涙銀河の波も海も絶え果てる闇のその果ての
永遠へ
無限エコーする

ひと知れず

幼気《いたいけ》な子どもが
のみこむことも止めることもできない悲しいものを
こぼれる雫の壊れるかたちでしか
伝えられない苦しいものを
流しつづけている無惨な今でしかないけれど

手を握り抱きかかえ守ろうとする人が
震災のあの地にも爆撃の街にも今も
ひと知れず
いる

願うだけでしかなくても

わたしも

闇を光の

いつの時代にも十字軍
あの白い小鳥が

あの白いイルカが
ミサイルに破壊されている街の人間の
嘆きと悲しみの大陸のそばの
放射能にふかく汚染されていく
海と空に
まばゆく描《えが》いているのは

進んでゆく瞳に宿し
破壊しあう軍の国境を
消して
悲しみの地も血も痛みも悼みも
闇を光の祈りに
結んでゆくのは

あの子のあのひとのあの日の
微笑み

なつかしい七色《なないろ》の
かぎりなく透明無色の
たわみやわらかに優しく今にも見えなくなりそうな
消えることのない

虹

＊ をちこちにながめやかはすうかひ舟やみを光のかがり火のかげ
藤原定家

＊ 赤羽淑『藤原定家の歌風』

羽《はね》手紙

ひかりの花

枯れ枝に舞いおり
コブシ
白木蓮《ハクモクレン》
枯れ地に舞いちり
ユキヤナギ

さようならしたあの
白鷺の子の
きよらな
羽手紙のよう

萌え初《そ》める地に
春空の霞に
夜空の彼方に
星の
花の
羽の

希望

闇の花

あんまり闇が深いので
遥か微かな
うす曇りの星雲の
うす紫さえ

眩しく
愛《かな》しい
羽ばたきの

音楽

ゆきの羽

季節おくれて降りしきり
野も街かども
雪やなぎ
淡く初恋よみがえり

瞬き
ふっと
消えても

溶けずに濡れて
ユキヤナギ

毒痛み《ドクダミ》

＊
＊ド＊
＊

つややかに硬く
深みどりの葉に
つつまれ浮かび
ドクダミ

白く
ましろく

毒をもち
毒されず
ドクドクと
咲く

＊
＊ク＊
＊

道ばたうすみどり
つぶつぶ
ちいさな
しずかな
あじさい

やさしい

あまいろは
もうすぐ

雨色？
天色？

どちらでも
どうでもいいよと
毒づくなかよしの
ドクダミ

花はともだち

＊
＊ダ＊
＊

薬草毒薬
薬を毒という人にも
毒を薬という人にも
どちらでも
どうでもいいよと
いう人にも

十字架白く
ちいさな花

毒痛み
十薬《じゅうやく》
効くという

＊
＊ミ＊
＊

やすらいの
ドクダミの森から
ひとひらふらふら
モンシロチョウ

あくがれて

風姿花伝《ふうしかでん》

透明花

うっすら
紫さす白さえ
雨にぬれると
失ってゆく花びら

不思議
なんてきれい
どこからきたの？
お名前は？

ちいさな街の
こんな道端
そんなに
優しく

葉かげに
うすみどりの
棘
まもっているの？

透明な
姿

雨に
風に
ひっそり
しっとり
あなたは
澄んでゆく

ソメイヨシノのさくらんぼ

そろそろ食べられるよと
深緑の花見並木
川べり夕涼みの人

葉かげに
ミニトマト色
姫りんご色
ぶどう紫色
ブルーベリー色
小粒つややかな

実

誘われて含むとなんて
甘くなくて
苦く
渋く
酸っぱくて
吐き出さずにはいられません
儚く散ったソメイヨシノの
美《み》
この世で人には
食べられませんと知りました

雑草の咲きかた

外来種で
（ヨソモノダカラ）
有毒の実で
（タベラレナイカラ）
棘もあり
（テイコウスルカラ）
嫌われ
（ヘイトを浴びて）
ワルナスビ
（ワタシタチ日本人よりマシなのに）

うすい花びら
雨に溶け
（和紙のよう）
風透きとおり
（桜のよう）

花には花の
生きかたがある

雑草の
咲きかたがある

野の草に生まれ
野で

花と散る

想いつづけて、ひと

悪人はいる

悪人がいる。

優しい人もいる。
いつの時代にも。
星のうえどの地にも、
どの民族、国家、宗教者、信者、組織所属者にも。
まだらに。

多数派という虚構の境界線、壁に、隠されがちな、
優しい心を見失わず、見つけられるよう、
少しずつでも。
できること、したいことを。

逆を生きて

想いつづけずにいられないひと

不意に襲われた見知らないひとどうしても
見捨てられずおそれをふみこえ

助けようと自らの
痛みのうちに
いのちおとしてしまったひと

こころ生きていた
もう語らない
ひとのおこない
忘れずいつも想っている

危険を避け逃げるのは
生き物の定められた生きざま

なのにあえて
逆を生きて
ひと

神様でも仏さまでも菩薩でもないのに
ただのふつうの優しい
こころの
ひとだったろうに

想いつづけずにはいられない

花のうたばかりを

ドクダミ

真白あんなに
美しく咲かせて
ドクダミいま
真みどり
富士あおあお

暮れなずみ
夕がすみ
かなしいのは
ふいに降りそそいだあの
ことし初めての
かなかなのせい

サルスベリ、ハギ

雨あがり
葉の水たまに
紅《くれない》　散りばめ
百日紅

うすもも淡くもう
秋ちいさく
やどしゆらめく
萩の花

カワラナデシコ

夕雲うすもも白の縞模様に
羽ばたいてゆくのか
うつむくまつげ
やわらかに美しい
撫子

鷺草を慕い探して
翔てゆくのか

ふいにひき離されても
愛《かな》しいかけがえのない
亡くせないひと
なのに

撫子
あなたも
あてどなく空へゆくのか

小鳥いろとりどりの写真集
好きだったきみ
きみはあの空のどこか
こころそのままでいられる
優しいところまで必ず
飛んで逝《ゆ》けたはず

悲しいことおおすぎる

泣きはらし
まぶたをとじて

花もいう

シラユリ、キキョウ

裂けて咲け　白ゆり桔梗きよい花

アジサイ

枯れた花はかなしくとも

干からびて
焦げ茶誇らしげに
紫陽花
降りやまないかなかなの
逆光にかがやく

ヒマワリ

豪雨に猛暑に立ちすくめば

そばに
向日葵

花

花のうたばかりと
ひとのいう

好きだから花は
好きだから
（ひとは
　きらい）
でもひとも
花だからと
優しい
花はいう

夏空曼荼羅《マンダラ》

葉かげの舟

夏青空
わきあがりまぶしく輝く
白雲の裏側の底のあの灰いろで
膝を抱え目を閉じてなら
まだ生きてはいられるか

地に焼きつく樹影
まだらな光に浮かぶ
小舟たちの一葉《いちよう》の
影に溶けてならわたしも
のせていってもらえるか

夏空のむこう
とおいところ

星空万華鏡

おちてゆくのかのぼってゆくのか

うつろなまま
くらがりから
星あかり
みちびかれて
樹皮
気づけば
ないていました

舞い散ってゆくのか
舞いあがりどこへか
ゆけるのか

ないてばかりいます

砂粒のように
あじけないわたしの
ひと夏の涙粒もあの
星あかり遥かな
滴と散りばめられ
もういちどやすらぎに
咲けるのでしょうか

らせん描いて彼方

吸い込まれてゆくところ
すくいあげられ
ゆくところ

くるくる
まるで万華鏡のようではありました

同反歌

星空のもと虚ろに這いのぼり
樹皮
気づけば鳴いていただけだとしても

夏空透明に
いのち響けセミ

かなしい立葵

夕顔では

いいえ
ありません

あわく
そこはかとなくぴんくにうっすら
はにかみはじらっていても

ふりむかずともこの背の
遥かから
透かされ
染めあげられ
あふれるひかりの輪に
ふちどられるこの
愛《かな》しい瞬間にも

いとおしくても
地の花

溶けて
夕陽には
いいえ
なれません

こだま

いちりんいちりん
紡がれたひかりの輪の
なつかしい香り

どこかに置き忘れた祝福の
歓びのブーケ
棺に埋めてくれるやすらぎの
白ゆりの乳房
遠いお別れの世界
うつつ幻の
光背《こうはい》

どれもこれも
痛く

落ちこぼれて
めくるめく花びらの輪に
結ばれてゆきました

♪♪《おんぷ》のメタモルフォーゼ

あ
　あ

くちびるから生まれでたふたごの幼い♪♪は
泣きつくし羽たたみこわばり落ちてゆくばかりの亡骸の
嘆きにはならなければよいのに

透明な風にもつれ軽やかさ奏であうチョウチョにもなれず
岸辺の夕闇に乱れ舞うコウモリのさ迷いになっても
　　あ
　あ
合歓《ねむ》の木の紅い花びらのやわらかな耳たぶを
たわいなくくすぐりあうやすらぎの声のように
こぼれおちたふたつの
黒い塊も悪魔の翼も

わけのない悲しみに洗われせめて
白サギの幻の
羽と魂《こころ》にすがりつければよいのに

できることならいつか色もうしない
あわあわふるえるうすいひまくのまんまるの
赤んぼの瞳に
浮かべられた世界ありのまま映し写され
あなたを宿し
ふれてふたつはやがてひとつの
シャボン玉
とおくたかくあの夕日のむこうまで
ずっと

こわれてしずく散りぢり
夜空の星ぼし
憧れの天の川と
終わりもなく落ちてゆき
さよならしながら静かにただ

どこにともなくともにいる
あなたと

あ
あ
あ
い
を

伝えあえられたならよいのに

月の光、白鳥《はくちょう》の歌

月柱《げっちゅう》

ムンクも愛した
月の柱
のびてゆくあの
暗がりはもう
海

河口ゆらら
たゆたう
波たち

優しいふくらみ
飛来した
白鳥たち

雲間みえ隠れする
おぼろな羽毛
並び旅してきた
月影《つきかげ》
白いおおきな
翼

なきかわす
声
かなしい
声

光の柱
すべりおり
さかのぼり

幻のひと夜《よ》
この時

海へ
　空へ
悲傷する

月華《げっか》

大空のまどろみの
白鳥
翼のつぼみひらけば
蓮の花
天と地とあの世の
水面《すいめん》に咲き交わしゆらめく

寒椿《かんつばき》に寄す

赤い花

生き物としての日用《にちよう》の糧《かて》
獲《え》る労働に苛まれて帰り道

輝く星空
見あげる気力も希望も夢も薄れ疲れ凍えて

かわいい子猫も優しい恋人も
きれいな紅葉《もみじ》も月もなく虫も鳴かず
さびしく悲しく苦しく索漠と渇いて
このまま冷たくつながる地の底に
くだり逝《い》けそうな暗がりの坂道に

息する気配ふっと
左肩まぢか
つづく垣根の真みどりに

寒椿
真あか

あなたたちの
赤　あか
　あか　あか
あか　あたたか
たおやかな
笑み

灰色の魂の
埋《うず》み火《び》さえ
焚き起こされ

冬にも灯火《ともしび》

赤　あか
　あか　あい

寒椿

赤は血の色
地の生き物の
約束

おぞましい苦痛悲痛
流血ではなく
殺すために生きるのではなく
生き延びるために殺すのではなく

結ばれるいのちの
歓喜の
寒椿

赤い花
愛の花
咲きつづけますように

宙《そら》と海の花

夜の大海原の果て遡りひろがる
星ぼしの彼方に

人にはとらえられず
太古から
花咲き揺らめく
ツバキ星雲

真空にまき散らされてゆく
星雲の吐息の花びら
透きとおる紅《くれない》の海月《クラゲ》ひたひた
時空の深海を音もなくさ迷い
この星の垣根の
寒椿あなたたちにいま
眩しくくちづける

潮騒《しおさい》のなぎさの波間
人魚のジュゴンも訪れ
星海《せいかい》からうちよせる
遥かな調べを
ともに歌う

寒椿色《いろ》の
唇つややかな
珊瑚《サンゴ》あなたたちを
愛《かな》しみ

人という殺戮嗜好種が
戦場にしたがる海で
生き物の多様性
生き埋めにし
破壊し絶滅しようとする
美しい海で

生きるかなしみ
ともにうたう

花宇宙

花うさぎ

白木蓮《ハクモクレン》も
耳
そばだてている
星空には
ほら
静謐の

月
姫うさぎ

早春譜

モクレンまっ白おおきく咲いた花
の
下には茶色まだらに枯れ散った花

の
上にはまだなんて
ちいさな
ふくらむ

つぼみ
つぼみ
つぼみ

ジュゴンに

雪やなぎ春風に
しなう姿態
海の波の姫のよう

殺され横たわる
ジュゴンの死体
悲しみと痛みと怒りの
琉球弧のよう

花宇宙

風の瞳
雪やなぎ波うつ
地の果て

夜空へ
弧
咲きのぼる

星やなぎ

青空、羽《はね》ことば

わたしがカラスであった日
わたしがスズメであった日
カモメであった日
カモであった日
白鷺《シラサギ》であった日
白鳥《ハクチョウ》であった幸せのあの
遠い日

青空の
花華《はなばな》と咲いたあの
愛《かな》しくなつかしい日

梅も桃も菜の花も
モクレンも桜もあの日
ともにありました
花ばかりはかわらず今も
ともにあります
ユキヤナギも
山なみの頂のあの
白雪も

星も
枯れ枝に舞い降り宿る
春の
夜

堕ちてゆきました暗闇をどこまでも
羽は凍りつきひろげられず
心臓ばかり裂けそうな声で
孤独孤独孤独孤独孤独と激しく高鳴り

うちのめします鳥目の
飛べないわたしを

流れ星のゆく果て
星空もうっすら
染め溶かされて
朝焼け

初めて羽ばたけたあの日
朝空にぎこちなくわたし
描《か》いたのです

自由と

あなたとであい
澄みわたる青空
あなたに
羽文字で
描《か》いたのです

愛と

あの羽ばたきも

花ことば
おお空に紡がれて
花かざり

うながされ
ふたたびわたし
羽ばたいてゆきます
うすももえる
愛おしい
空へ

あの日もいまも
これからも
青空に
描《えが》くのです

　平和を

ふるふる雨ふり

きのう夜中ひょっこり
やってきたカエル
教えてくれるには

わたし歌うの
雨粒《あめつぶ》たちと
冷たいけれど温かな
雨音《あまおと》の通奏低音の
励ましにうちふるえ
昼も夜も
歌うの
愛《かな》しくふるふる
雨

早苗《さなえ》の茎に吸いあげられ
たわわな稔りの一粒ひとつぶ
ふくらませてゆく
雨の粒
水滴の歌なんてステキ

空にも地にも
やわらか音楽
染みわたり
優しく

ふるふる雨

子どもたちの
小さな色とりどりの
傘の花つまびき
長靴あそびの水たまり
水玉おんぷ描《か》いて
優しくふれふれ
雨

夕暮れどきには
カエルのわたしも
稲のみどりも
ひと休み
子どもたちの帰り道には
雨あがり

虹を
みせてね

花が教えてくれたこと

ある星のちいさな花にその日も
ぼくは話していました。

「それはずっと遠いむかしのこと

ある星のある時代のある国には
普通選挙権もなくて
立法権も行政権も司法権もなくあるのは
絶対王政
奴隷制度ばかりだったんだよ」

花はこんなぼくの話でも
うなずき聞いてくれたのです。

「ある星のある時代のある国では
いちばん大切なものを守るすべさえ
奪われてしまっていた

戦争をしないための
法のかたちを歪め

人権を弱め
差別を強制する
内閣にダマされケガされ
腐ってしまった
ソレハマサニある星の
二十一世紀ヒノモトれいわの国
戦争の世紀ヒトラー第三帝国まがいの

ずっと遠いむかしのこと
原爆でぼくが
殺されたあとのことだけれど」

花は悲しげに
うつむき聞いてくれます。

「他国の核開発を非難し罵りつつ
自国の核実験と核事故を繰り返し
放射性物質を撒き散らし
未来を痛めつづけ壊しつづけてしまった

それはずっと遠いむかしのこと
異常気象でぼくが
殺されたあとのことだけれど」

花はそばにいてくれます。

「暴力には暴力を
その暴力にはまた暴力を
そのまた暴力にはまたまた暴力をと
無限連鎖を自慢する人たちが
いつもどこにでもいるけれど

暴言も暴力も
愚かさでしかない

戦争殺戮も地球壊滅も
やめてくれと
ピシャリと」

夢中をさまよいつらくなり
目を閉じてぼくは花に。

「戦争と核拡散をまねく
どんな大義も詭弁も責任放棄も過ちも不正も
独裁も分立三権の暴走も
見逃さず許さず罰する

永世中立の
独立権

生まれたどの生命《いのち》も
生まれるどの生命《いのち》も
だれもだれにも譲れない
生きることを自分が選ぶための
棄権できない権利を守る
個人と社会と国と国の
欠かせないかたち

あたりまえに行われていたのは
ずっと遠い未来のことだったのでしょうか
戦争と紛争と
核投下と核事故でぼくが
なんど殺されるあとのことだったのでしょうか
都市と星が
いくつ壊滅するあとのことだったのでしょうか
ひとりひとりのひとびと生きものがどれほど
悲しみ苦しむあとのことだったのでしょうか

ぼくは忘れてしまったのでしょうか
これから知るのでしょうか」

生きているのか
わからなくなりぼくは花に。

「どこにいるの？

花
きみは

きえてしまったの？」

どこからか
星のひかり色した
きみの
優しい声ばかり

うっすら。

「それはずっと遠いむかしのこと
ずっと遠いこれからのこと

はるかに
遠く

いま
あなたは
わたしと
咲いてくれて
いる

咲いて
いてね」

そう
たいせつなのは
きっと

花
きみを
愛して
いること

やまゆり、白い花

悲しい花

花はけんめいに生き
花をあやめない

ふくらみひらいて
泣いていた
オレンジのゆり
おにゆり

燃やされ涙
散らしているよう
ひとを想いひととして
生きることは
くるしい

穏やかなおとなしい
幼い花をさえ
ちぎり踏みにじり
嘲笑うひとの
みにくさ満ちる世は

むなしい

やまゆり白ゆり
どこにいったの
いつまでもそばにいて

やわらかな手に触れふれられ
微笑みの頬にくちづけ
咲いてくれたあのあたり

悲しくさがす
やまゆりの花

哀しい花

傷つけた目に
ゆがみにじむ
憂うつなこの世

真夏の闇のこの朝にも
なつかしいあなたの
大好きな声

どこからか
まぶたにそっと
息
吹きかけてくださるから

あいたくて
みひらく
瞳の
痛みに
茂みの緑に

雪

きらめき
ゆらめき

哀しくまばゆい
白ゆりの花

星の花

「思い出してね

いつも
あなたと」

ふりあおぎ
青空の彼方
あなたの声に
こころ澄ませば
星空も

なきゆらめいて
白ゆりの花

愛《かな》しい花

羽根ふるわせるセミの
さよならの季節に
最初のやまゆり
いちりん
かれん

花びらの
純白

汚《けが》された地に
うつむき
瞬き
羽ばたき
愛《かな》しく生きてゆけ
やまゆりの花

八月

殺されてしまった人たちの声があちこちから
聞こえてきて
この地にもまだ訪ねてきてくださり
くるしい八月

原爆はアメリカという国家が大日本帝国という国家の地に一九四五年八月六日、八月九日に投下した。その地に生活している人間は敵だとして老若男女問わず生物問わず無差別に痛みと苦しみと悲しみを与えて殺害した。
兵器開発した科学者と造り儲けた産業資本家と命令した政治家と実行した軍人と支持する多くのアメリカ国民が無

差別殺戮した。

戦場の兵士と沖縄の人たちを見殺しにしながら本土総決戦一億玉砕を熟考する現人神《あらひとがみ》天皇陛下が原爆投下の惨劇を招き寄せた。国家神道国体護持を狂信強制する政治家と官僚と軍人と盲従する皇国臣民が神国を核実験場にした。

侵略と植民地支配は大日本帝国という国家が一八九四年日清戦争を機に一九四五年敗戦まで台湾と朝鮮半島と満州と中国と東南アジアと南太平洋でした。

その地に生活している人間は敵だとして喜びも希望も誇りも圧殺し老若男女問わず無差別に迫害し連行し殺害した。侵略と植民地支配と戦争と虐殺と玉砕を命じ英断した現人神は、戦勝国に命乞いの裏取引をして人間になり、占領軍の司令官に仕えはじめた。

被爆者も空襲被災者も植民地引揚者も戦災孤児も強制連行者も従軍慰安婦もお国のための戦死者も特攻玉砕者も、見棄て。

むちゃくちゃだ。
原爆を落とした人間も。
侵略し戦争し無差別殺戮した人間も。
むちゃくちゃだ。

戦争は人間をむちゃくちゃにする。
むちゃくちゃな人間を崇めさせる。
戦争をする人間をゆるすな。
原爆を落とす人間も、
侵略し戦争し殺戮する人間もゆるすな。
むちゃくちゃな戦争をゆるすむちゃくちゃな人間を
ゆるすな。

星のゆりの根

殺されてしまった人たちの声があちこちから
聞こえてきて
この地にもまだ訪ねてきてくださり
くるしい八月

あやまちはもうくりかえしませんから
あんしんしてみまもっていてくださいと
えがおであちらへおおくりしたい
かなしい八月

夏の終わりの透明な夕焼けの

ヒグラシのせつなさの音色《ねいろ》に
彩られ
みどりの草原《くさはら》の点描画
遅咲きの今年も
咲きゆれる
白ゆりたち

のらねこ子ねこに
子わんこに
かなかなに
ひとにも
ささやいています

「わたしの白い花びらに
なりやどる
とおいとおいむかしの
ねこ
みどりのつぼみに
なりやどる
とおいとおいむかしの
わんこ

わたしのたかいくきに
なりやどる
とおいとおいむかしの
ヒグラシかなかな
わたしの根に
なりやどる
とおいとおいむかしの
ひと

わたしの球根《きゅうこん》に
なりやどり…」

汚《けが》される地にも
咲きやまない無数の
生きもの
いのちの
花

壊されてもまた
めばえ空へ
のびてゆき
うつむくつぼみ
やがてふくらみ
いま

花

できることなら
いつかまた
星の花の
球魂《きゅうこん》に

あなたとやどり
咲けますように

最後のいちりん

いずみ

流れ過ぎていった夏の
水波《みずなみ》の音楽
眩しく激しく
光と抱き戯れた滴たち
咲き乱れた
花波

もうだれもいない

記憶のさざなみの
えこお
ふいにわきあがり
吹き零れた
美しい旋律
ちいさな泉

もうきみしかいない
山ゆりの花

泉の滴も花びらもいのちもみんな
最初の
最後の
いちりん

こころ

あたりの草むらみんな
刈りとられていたから
咲けたのにきみも

もう刈られて
いないいんだと
悲しく
探した

きみは
咲いていた

遅咲きの
きみだけを
触れずに刈り残した
造園の人

花が好きな
こころが花の
優しい人
いるんだ

ひとりうなずき
咲きつくす
白ゆりの花

もういちど

あのあたり
初めてであえた場所

白ゆりきみは
どこかへきえたあの日の
黒ねこ子ねこ
あの子の
生まれ変わり

もういちど
会いにきてくれたのでしょうか

アルペジオ

通奏低音

凍え壊れ砕けそう
きみの悲しみの
ふるえ

なぜ似ているのか
冬の病夜《やみよ》に
星

夕焼け
三日月
銀杏
きみ

この世にも
よろこび
この世にもあるのか
よろこび

分散和音

ひとつの音に
けしてなれない

この世あの世
どの世でも
早く
遅く
分かれ
散り
和音
かなで
かなしく
アルペジオ

いつの日か星に結ばれる歌

土のうえ

重力の地の
喜怒哀楽の囚われの身と知りつつ
阿鼻叫喚《あびきょうかん》の悲痛悲鳴悲壮に感情神経を
うちから
傷め蝕み責め滅ぼさないこと

なんにもみえないきこえない
と

地べた這い
ともに浮かびさまよい嘆きつつ
暗黒沈黙にこそ
結ばれる
星の音楽を
星座を

恋い
あおぐことだけは
忘れないこと

星と

恋する人の
よろこびに
星はまたたく

果てのない
人の悲しみの
夜空に

星はかがやく

泉

こんや夜空の
星たちの
あの静かな音楽は

ことばをおぼえるまえのおさなごの
ちいさなくちびるの
泉から

あああああふれでる
あのやわらかな
きよらな
声の

滴のように
沁みて

いとおしくとても
かなしい

聖夜《せいや》の贈りもの

どうしてだかわからずにけれどどうしても
悲しいとしか感じられないとき

どうしてだろうとなんどかんがえ嘆いてもだれも
こたえてはくれないとしりつつへこたれてしまうのも
人間ではあるけれど

それはたぶんきっと
宇宙のせいだと
ニンゲンであるげんかいのなかのぐだぐだのわたしを

ゆるしてください
ゆるしてくださいますようにと
ねがいごとする

みあげれば
クリスマスツリー

ならびみあげれば
なおさら美しく
なんて悲しい
宇宙

嬉しいのやら悲しいのやら
空《むな》しいのやら寂《さび》しいのやらただ
みあげ立ちつくすわたしの
汚《よご》れたほおのしずくにさえ
くちづけ
あらいきよめてくれたのは

枯れ落ちながらも

やわらかならせん舞い降りる
ことし最後の一葉《いちよう》
月色《つきいろ》の
イチョウの
ささやきでした

さようなら

こだま

さんたまりあ
サンタもあの空をいまトナカイとかけているころ

瑠璃《るり》の石ころ

国家の名誉の名のもと
殺人を美化するのは
どの時代
どの大陸でも

選ぶことがましな
道じゃない

復讐を自賛し
報復を叫び
同調するのは
選ぶことがましな
道じゃない

人を殺し
また殺そうとする

道は地続き
無差別の
殺戮《さつりく》
戦争

集団強制連行に
ろくな行《い》き先はない
死しかない

殺されていない者が
わめき

殺しを煽《あお》るのは
酔っぱらいの
脅しでしかない

泥酔者に
人を
殺させるな

殺人讃美の乱舞に
冷えきり凍えながらも
醒めていること

熱狂強制収容所で
砕かれ溶けさるまで
ゆるされるかぎり硬く
いのちの
氷になること

にごり汚《よご》れながら
小さくても
できるなら
道ばたに
石ころのように

瑠璃の音色《ねいろ》たたえ
ふるえるふくらみ
水平線のまるみ
宇宙球面に
重なる日
夢み
ころころ
恋い
願いつつ

かさぶたに
隠され
覆われていても
やがて
ひき剥がされる日に

ひりひりこころ
痛めるばかりの
儚く
せめて
ルビーのように
あかく澄みきる

涙のまるみであれるように

波色の連奏

デッサン、試奏

描《か》いているのか
描かれているのか
（細《ほそ》く短く淡く
　線どこまで）

奏でているのか
奏でられているのか
（脈うち響き旋律し
　音《おと》いつまで）

描かれている線に
弾《ひ》かれている音に
美しさ
なんてたぶん
いつもいつまでも
選べない

ありたい
ありえるほうへと
ねがい

絵に
音楽に
なりたいと
惹かれ
響いて
ゆくだけ

潮騒《しおさい》、色彩

波うちぎわの
白砂《しらすな》に
描《えが》きだされる
透明水の
五線譜もよう

潮の香りの
あわ

きらめきゆらめき
きえてゆき

とおく
とおく
潮騒ばかり

永遠らせん音楽

結び結ばれ
みえず途切れない
音色《ねいろ》に染められ
色彩ふるえる
らせん音楽宇宙絵もよう

海藻の髪の染色体曲線に
絡まれ囚われ息のできない
メビウスの輪の悪夢から
いつか解き放たれますように

懐疑と憎悪と絶望の
りんねりりんらん

遍路し
ねがい
祈り
泣きやまない鈴虫の
数えきれない
悲しみの星の音《ね》
うちよせる
なみだ色の
海辺で

希望と
愛

あなたに
あいたい

水色《みずいろ》のうた

愛《かな》しいひとあなたは
幼い日のわたしの
ちいさな

貝殻
海色《うみいろ》の
あの日のわたしの
なみだの
マリモ
湖色《みずいろ》の

いつの日も
悲しく
優しい
憧れの

子さぎと子ぐまと少女に

白さぎの親鳥
子の鳥
ならびたたずみ
ときおり舞いあがる
水の流れ美しい岸辺で

子ぐまを抱く
ぬいぐるみ好きな
おんなの子
傘をクルクル楽しげな
ベビーカーの子と
雨の日も微笑み
橋を渡る
お母さん

白さぎの親子
かすめ飛ぶ橋で
足どりゆらめき学校へ
ゆきたくないと
十字架のように
リュック背負い
悲しげな
少女

白さぎの親子
まぶしい朝
靴をぬぎ手にして
橋を飛び降りる仕草を

みせずには生きられない
けんめいな
少女と
むかし
少女だった
みまもる
お母さん

子さぎの羽ばたき
子ぐまと水たまの
笑み
リュックと裸足《はだし》の
痛みも悲しみも
いま

愛されているから

水ひかり
澄みかがやく
風にのり
母の香りを
胸に

この川岸からしあわせへ
羽ばたけますように

反歌

あの日
わたしも
真白《ましろ》の子鳥《ことり》でした

ななめに結んで

おめめ

ほらあそこあの枝さき
目を閉じた夜空の星たち
とおくあおぎみて
無数の

瞳ひらこうと
まぶたのまるみ
膨らみ

つぐみのおなかのように
めじろのおめめのように
まあるくかわいい

つぼみ
つぼみ
つぼみ

ゆびの花

ももの花色の上着の
腕を
青空のほうへ
ななめうえへ
上げて

ななめ下におりてくる
手に小さな手を
つないで

小鳥の空みあげ
元気な声で話して
きれいなさえずり
ふりそそいでくる
お母さんの
声に耳たぶ
くすぐられて

おんなの子
弾んで歩いた
この道きっと
忘れない
ね

握り握りしめられ
まあるく結んだ
ゆびとゆび

真冬の寒さにも
ふくらんだ
つぼみの
こぶしの
並木道

手のひら
白い花
さえずるように
咲きますように

星の海辺の幻楽章《げんがくしょう》

冬星空《ふゆほしぞら》のもと
眠り落ちる時のあわいに
鼓膜から鼓動へ
流れくるままに流し込んだ
第七交響曲の
流れ星の
音符

目覚めのあとの
雨曇《あまぐも》りの憂鬱な世界にさえ
雨粒《あまつぶ》まじりの
星粒

弾け
哀しく
響きつづける
ヴァイオリン
フルート

微かな語音《ごおん》の
旋律の
虹

生まれるまえも
いまも
死んだあとも

宇宙《そら》の海の母の
潮騒《しおさい》の音色《ねいろ》の
あわだち

かわらず
愛《かな》しい
恋人

海辺に寄せ帰る波の輝きのように

新月の闇へと色彩を失くし退いてゆき
満月に照らし出され緩やかにふくらむ
階調なめらかな
満潮《みちしお》のように

球面を沖あい遠く回遊し
四季の風と星座とともに
めぐり還ってくる暖流のように

思い出はなぜか
かえってくる

音色に沁み
鼓動をうち
浮かび沈む
旋律に

弾け散りきらめき
波うつ潮の
香りにとけ
髪に激しく
吹き寄せる

忘れられず
悲しく
痛い
あの別れの時の
後ろ姿で

あおの果て

白鷺たちもときおり
舞い降りてきてくれるせせらぎの
あおく遠いあの山脈《やまなみ》からゆっくり
あいにきてくれるさざなみの
きれいなこの川のほとり
くるしくあなたと暮らしたこの町をわたし
離れることになりました

かたくななこころをあらい
ささやきつづけてくれるでしょうか

ネオンの明滅する喧騒
ビジネス軍靴《ぐんか》の混濁する騒音にも
かき消されず
聴きとりつづけること
できるでしょうか

白鷺あなたがくちづける
水と光のひそやかな
音楽
まばゆくうつろう
旋律

舞い立つあなたの
白い羽毛の
胸と翼でうけとめる風の
香りと音色《ねいろ》
舞いあがるほど
あおく
澄んでゆく光を

見失うことがありませんように

はるかな視界の果て

地平線に
いつか
ひろがりわたりますように

空に抱きしめられ
優しくしなう
海

この川と
あなたとふたたび
めぐりあえる
かもしれない儚いのぞみの
虹
七色《なないろ》に淡く
たちのぼり
浮かび
消え
果てる

無限への
階調

この世もあの世も

雪色《ゆきいろ》に
ふりまじり
溶けてゆく
無色無音《むしょくむおん》
無限　の
諧調
水平線の
翼の
彼方

白いチューリップ

ゆめ

かぎりなくあわく
うすくりいむ
ゆめみるきみの
やわらかな
頬のよう
純白よりも
清楚な
悲しみの
ゆめよりも
きれいな
優しい
白

あなた

あたたかな
陽射しと風
招きいれたくて
せいいっぱい
ひろげたわたしの

白い
柔らかな
花びらの輪に

舞い降りてくれたのは

軽やかなチョウチョでも
タンポポの綿毛でも
ありませんでした

ひとひらの
さよならの
さくら

あなたでした

万華鏡

地の泉すいあげ
枝に
あらたな幼い

浅黄緑《あさきみどり》
みずみずしく
やわらか

ひかる春の
滴ちらし
ひらきはじめ

どこからくるの？
露のまるみの
カタツムリ

のどかな湿りの歩み
雨あがりの空に
あらわれのぼる
虹に映え
夕陽に
染めあげられ

紫陽花万華鏡《あじさいまんげきょう》

宇宙《そら》の
水玉星《みずたまぼし》の

過去も未来も
メクルメク
泉のほとり
花の精と

その日
その季節へ

いま
息する

反歌

悲しくても苦しくても

葉波《はなみ》　緑

ツツジ花　淡紫《あわむらさき》
ツツジ花　真っ赤
ツツジ花　深紅《しんく》
ツツジ花　純白

五月雨《さみだれ》には
サツキツツジ
紫陽花
咲き乱れ

ムラサキのかんごしさん

花の色は

似ていてなんとなく
惹かれ
好きなのだといいます
花びらほどのうすさのささやき
交わしています

青空白い雲の棚に
フジ
新緑の木洩れ日に
スミレ

愛《かな》しく
けんめいに
つかのまの

恋ムラサキ

夕花《ゆうばな》

西の地平に
うすオレンジのさざ波うち寄せると
うかぶ三日月と夕星《ゆうぼし》
天頂までもう
ムラサキの海

星雲《せいうん》もようの
花棚《はなだな》のフジも
花壇のスミレも

天球とともに
濃いあいあい色に染められてゆきながら

灯った病窓のおくの
ひとに
話しかけていいます

ムラサキのうた

ムラサキの
花のこころの
かんごしさん
星空の花の
こころ優しい
かんごしさん

生きていてね
わたしたち花と
咲いていていてね

あなたの
微笑みに
わたしたち花
微笑む

あなたの
悲しみに
わたしたち花
悲しみ

あなたに
微笑む

うた

ぐうぜん
しりあえた
ひと
あなたは
あなた
だ
か
ら
　　いかないで
ながく生きれば生きるほど
ほつれほどけてボロボロほろほろ

ＤＮＡの呪いの
赤い糸
ちぎれるばかり
傷むばかりに
さびしくても

おへそのお
生まれ切られて
まだいまも
愛する
ひとに
　結ばれている
夕焼け染めの空のくもの
言葉紡ぎの透明な
細糸で
あなたと
　つながれている
愛《かな》しいと
たぐりよせずには
生きて
　いられない

あの日の
失くした
だ
け
ど
いまもきれいな
あなたの
うた

くりかえし
今日も
くりかえし

あたらしく
くちずさむ

かたつむりと歩むみち

背負い生まれた宿命のこの十字架
ではなく渦巻く殻から逃れようと
あれから紫陽花のみちを
雨の日も凪の日も
光に干からび葉陰にやすらい
どれほど這ってきたことでしょう

ようやく悪の生物《せいぶつ》
にんげんのさばる
魔界から遠ざかり
悪い夢の恐怖の連続から
目覚めたのだと
雨上がり
つのをのばせば

そこにまた
にんげんが
あなたがいて

と

ひさしぶりに
会えてうれしく
話しかけたわたしに

答えてくれた
かたつむり
あんまりにも
悲しそうでしたから

梅雨ぞら
傘ばかりを
せめてもの
十字架として
背負ってゆくしか
ありません
輪廻にめまいし
くるくる
くらくら

紫陽花はしめやかに
雨に息するばかり

かたつむりのきみも
にんげんのざんねんなわたしも
雨に
生かされ
逝《い》かされ

夢にいま
いるのでしょうか
夢に
ゆくのでしょうか
どこに
ゆけるのでしょうか
夢みずにもう
やすめるでしょうか

この重い
背負い生まれた
にんげんの
殻からぬけだしたいんです

雨音《あまおと》は優しく
なにも話してくれません

でもわたし
紫陽花も
かたつむりきみも
好きでした

悪夢のしもべとして
言いまわるばかりの
わたし
にんげんにさえ
透明な
水魂《みずたま》

くるまれ
励まされ
かたつむりに
うちあけていいました

どこからきて
どこへゆくのか
この美しい
紫陽花のみち
雨音のみち

雨だれ

六月のブーケ

あなたがいつか
いってくれた気がする
「六月の花嫁になりたい」って
「冷たい雨
　ぬれてつらいけど
　わたし好き」って

あなたがいまも
雨粒《あまつぶ》と
呟いてる気がする
「六月の音楽になりたい」って

しめやかな
雨音《あまおと》の
滴のブーケに

彩られ美しい
紫陽花
あなたが

紫、陽。花。

流れおちて滴
ぽろん

水たま宿し
ほあん
宿り水たまに
ぽあん

あか紫
ふあん
あお紫
ほあん

ふあほあ
ほあん

きみの瞳に
うつり
ふあん
ほあん
ぽろん

雨だれ、、。
紫、陽。花。
幻奏曲

星の、雨の花。

雨だれは恋人

太陽のコロナに
育まれつつ
COVID-19の
嘆きの涙の
乳冠《コロナクラウン》
ふるえやまない
苦しみの星の
わたしにも

ショパンにふりそそいだ
音符の小人《こびと》たちの
きらめきのように

雨だれは悲しみの
恋人

雨空《あまぞら》の向こう
星空はるか
銀河の果て
咲いているという
闇と光の
紫陽花

過去いま未来まんだらの
過ちまだらな
青紫の花の
瞬きと
交感できるなら

雨だれは旅人
雨だれは恋人

愛《かな》しみの

猫座に生まれる日

夜道とおくに猫をみた
暗がりかわいい黒猫かなと思った

月も星もないよ
良い闇夜だよ

翌日昼間におまえ
さびしい猫をみた
黒でも三毛でも白でもなく
毛はまだらに抜け落ちうす汚れた
野良猫をみた

まるでわたしみたいで目を背けた

疲れた猫をみた
毛が生え変わる季節だからなら
よいのだけれど

コロナでも皮膚病でも不治の病でもないなら
よいのだけれど
薬もなんにもなく
疲れつらそうな
野良おまえから
目を背けた

捨てられたんだねきっとおまえ
人からわたしみたいに

すれちがいざまおまえの
つぶらな目はどんより無関心
笑えない
笑う気になんてなれるかって
疲れきってうつうつ孤独な
わたしみたい

食べ物でもない
食べ物くれもしない
あんたなんかどうでもよいと
甘え鳴きもせず
黙りこみ無愛想な
おまえ

生気のない腹ぺこの
不機嫌な
おまえ

おまえの鳴き声を聞きたい
おまえのおなかをなでさすりたい
なんて思えない

おまえもう
鳴かないのか
鳴きあきたのか
鳴けないのか

愛らしさもなく
野良猫ひとり
愛のないこの闇世

生きぬく猫の気持ちがあんたなんかにわかるか
二度ともうあいもしないあんたなんかに

背中で
にらんでいたおまえ

別れたあの日もいまも誰も
友だちのいないわたしとおまえは
友だち
だからその猫の目を
閉じられるその日まではなにものにも
負けてくれるな

離れ離れに荒んだ路地で
眠らず夜通し鳴いていよう
野良猫らしく
声なんてださず
無惨なこんな
闇世界のみじめさを
かみちぎる
瞳まっ黒な
月あかり
やわらかにやさしくやどして

星の降らない雨空
ゆくえしらずの天の川
神々のわがままな
星座伝説も導きもなんにもみえないこんな
闇夜にこそ

目を閉じれば
猫背のまま
すくいあげられたおまえの
星座
猫座から無言の
かなしみが聞こえる

ヴァイオリンこおろぎ

むかし野の花かげで
恋うた奏でていたのはわたしです
あの日を
あなたはおぼえていますか?

(ふるえなきだす…
愛《かな》しいヴァイオリンこおろぎ…)

えいえんにむかい
木の肌のおく深く
やすらいだわたしを

魂のねむりからゆすりおこしてくれたのは
あたたかなそのまなざしと
かろやかに舞うゆびさきのひと
あなたでした

数えきれないほど
めぐりまわってきた
メロディーの
メリーゴーランド
なんどもくりかえし奏で
ゆびでおぼえつくした音符
愛おしく密やかにふたり
駆けあがってゆく
ネジバナらせん音階

なつかしいひと
あなたと
こころとからだかさね
悲しく澄みきり
響いてゆきたい
この幻の瞬間

すすむにつれ高まり
終曲の
美の
極限へ激しく
恋い焦がれつつ

終わってほしくない
うしないたくないと
おののく
わたし
いちどかぎりの
いのちの
音楽
ふるえ鳴く
ヴァイオリンこおろぎ
ですから

終極の静寂の果てに
声もこころも
脈拍も鼓動もなんにもない
音のないねはん
ニルヴァーナ

なつかしいひと
まどろむ魂の楽器の
羽根を
いちどだけの
いのちの
音楽
最終楽章の果てへ
おそれず
なきつくせるように
愛してください

愛《いと》しいひと
ゆびとまなざしで
優しく抱き
かき鳴らし
楽器のわたしを
あなたへの
永遠の
愛

音楽に
してください

∞ エコー

せんりつりずむを
おりあげ
おりあげられ
らせんに
むすばれ

けおとされた地の
深み重み苦《にが》みから

ひろわれ
すくわれ
すくいあげられ

かろやかに
うすらぎ
やわらぎ

しきさいも
おとも

なにもかも
うしない
やすらぎの
しおさい
へ

ゆきましょう

しあわせ

しあわせ

地獄では
ないどこか
天国でも
ないどこか
極楽でも
ないどこか
ここでは
ないどこか

いまでは
ないいつか
この世では
ないどこか
あの世でも
ないどこか

穢《けが》れの
ないどこか
憎悪の
ないどこか
強欲の
ないどこか
強制の
ないどこか
罵倒の
ないどこか
暴力の
ないどこか
殺りくの
ないどこか
病《やまい》の
ないいつか

痛みの
ないどこか
苦しみの
ないなにか
悲しみでも
ないなにか
絶望では
ないなにか

わたしでは
ないだれか
物では
ないなにか
わたしの物では
ないなにか
だれの物でも
ないなにか
いのちの
ないどこか
いのちも
ないいつか
生まれ
ないなにか

死な
ないなにか
どこでも
ないどこか
いつでも
ないいつか
なんにも
ないどこか

どこにも
みつけられ
ない
どこかに
いつか
みつけ
たい
みなの

しあわせ

十五夜ソナタ

第一楽章　恋歌《こいうた》四首 アンダンテ

夜空たかくそんなに澄んでひとり
月
きみは病んでいるのか

そこにあるその姿そのままできみはすてき
十五の少女の耳たぶにそっと
好きとささやく美しい
月

痛みと怖れをしり傷つき壊れはじめても
ふくらみ満ちてやまない光に
照らしだされまきちらす
十五の少女きれいな
月

ヴェールにも傘に夜《よる》の遠目《とおめ》に
あゆむ花嫁のすがたまばゆい
月

第二楽章 悲歌　アダージョ

悲しいと
初恋のひとは
いっていた
このまま
朝がこなければいいのに
月の光ばかりの
夜がつづけばいいのに

死にたいと
おしえてくれず
月の光と
逝ってしまった
あのひとは

どこかで
いまも
あの光と

第三楽章　ロンド　アレグロ

ただ暗くなんの意味も見つけられない虚空に
傷だらけの肌むきだしにあばきだされ
モノクロームの痛ましい拡大写真の
残像
こころにすりつけられても

こよい遠く
ウサギのえくぼ優しくうかべる月きみの
頬が好き

国境の壁にも秒針にも妨げられない月きみの
澄みきるソプラノ

光の歌声の
透明な糸が織りあげる柔らかな
絵のない絵本に

にんげんが紛れこませる
戦争と暴力と汚染とコロナの
汚い悲惨なページを
閉じて

開かれる
真っ白な果てのない紙に

あなた色の
きれいな光のクレヨン
いっぱいに
ぬられ
自由に
描《えが》かれ

絵本は優しく
読みつがれてゆき

この海色の星も
あなたと
美しく
かがやきつづけますように

欠けて消えてもまた
生まれ

澄みきり

十五夜
子猫の目のように
まるくきれい

大好きな
月

キンモクセイ、きみと

風に薫り
雨に匂う

現代語はもう
失ってしまったけれど
紫式部の源氏物語にいまも
花もひとも
薫り
匂う

「気づかなくてごめんね」

「散って知らせてくれたんだね
ありがとう
きみは
ここに
咲いていたんだね」

光に照り輝く木《こ》の葉のかげ
風を薫らせていたきみ
ちいさな
いのち
星の花

「あのおんなのこ
ふりかえり
微笑みかえしていたのは
微風《そよかぜ》に
ふるえるきみの
薫りに
くすぐられたんだね」

アスファルトの車道に雨《あま》つぶは弾け
ヘッドライトに
照らしだされ輝きをます

オレンジやるせない天の川
ずぶ濡れの散り終えた花の
かたち
うつくしく
いのちのあかし
匂う
キ
ン
モ
ク
セ
イ

星
星
花の
星

風に
薫り
雨に
匂う

花のように
散りながらも
咲く
花のように

れくいえむ

悲しく
やるせない
選択
秋の長雨《ながさめ》の晴れ間の
洗濯日和に

ほかのひと
ほかのいのちまで
救える主《しゅ》として
生みおとされた
のではなく
わたしとおんなじ

なのに
なのになんだか
悲しすぎたのか
あのこは

優しい秋の
陽射しの
空《そら》に
呼び招かれ
てるてる坊主
苦しく
くびれ
季節ちがいの
風鈴
泣き鳴らし
あのこばかりを
救おうと
するしか
なかった
の
？

救えた

と
祈る
しかない
もう
あのこは
悲しくなんかない
と

長雨の
つかのまの
晴れ間
召されず
悲しすぎて
わたしは

あのこの
無念に

無数の無名の
草むらの虫の
鈴なりの
美しい
音《ね》と

虚しい
わたしの
せめてもの

れくいえむ
を

星母子《せいぼし》、水球《すいきゅう》線上のアリア

どうしてなつかしく
好きなのか
わかりました
絵のない絵本の夜空の優しい語り手
そうです月はひさしぶりに
東海の小島の廃都の私にも
話しかけてくれて

「
☽　あなたにも聞こえますか
　ほらいまあのこえ
　わたしをつつむ星々とおなじほど
　いちめんにあなたの
　星の地《ち》でまたたくこえ

♡　生まれていいの？
　あたし
　ぼく
　　生まれる
　　きがする
　いい？

☽　わたしがくるりと
　やみとひかりを
　まわりめぐるいま
　こどうにまもられ
　まるまりまどろみ
　ときをまっている
　あの星母子のこえ

♡　生まれていい？
　　生まれるよ？

☽　こねこもこいぬも
　こやぎもこうしも

たまごのことりも
うみがめのこも

☽　まだとじたままの
まぶたにくるまれた
ひとみに
おそれとふあんと
あいをいっぱいにふるわせて
やがて満ちようとするわたしみあげ
たずねているのです

☽　愛おしい
このこたちにわたし
歌います

♪　あなたをつつむ
おなかのうみの
なみ
わたしもよぞらの
うみにうまれた

♬　生まれていいの？
あちらこちらの太陽だれも

こたえてくれなかったけれど
あなたとわたしの
おかあさん
あおいうちゅうのうみはゆれるまま
ゆれながらただけんめいに
わたしを
おもってくれたの

♪　生まれて
おいで

♬　あなたを
ただただおもい
まもっているいのち
おかあさんの
満ちてくる
うみに

♬　わたしも
なみにゆららゆれあなたを
みまもる

♪　おいで

あなたの
おかおをみせて
あなたの
なきごえを
きかせて

☽　なみだでしかない
いのちさえ
愛《いと》しく
おもえる
いのち

☽　くらやみにうかびまわり
星母子にてらされ
わけあたえられた
わずかなひかりのかけらをわたし
あなたに

てわたしたいと
みまもっています」

どうして月のひかり

コロナのこんな世にも
なつかしいのか
あす満ちるという
真冬の夜に
しりました

お月さまの微笑みは
おかあさんの肌いろ

や
わ
ら
か
な

○

光紅葉《ひかりもみじ》、いちめんの

ちち　ちちち

さわやかな朝の陽射しに
かわいい小鳥たち
うたわずにいられず
やさしくまどろみのまぶたをくすぐってくれます

きき　ききき
おやおやさえずりにうずうず
うたわずにはいられなくなったのかな
このソプラノはきっと銀杏《いちょう》の黄葉《もみじ》
黄黄　ききき

おひさまも高くたかくかがやきをますと
桜の葉もケヤキの葉も照り映え
ちゃちゃ　ちゃちゃちゃちゃ　茶茶　ちゃちゃちゃちゃ

とおくかたむき沈みはじめる夕陽に
楓《かえで》もさよならのひらひら
しずかなかなしみの
あか赤　あか赤あか

銀杏も桜もケヤキも楓も
山の端も地も
西空の

真紅《しんく》一葉
光紅葉に
照らされ
染めあげられ
こころたかめられて

赤　あか
　黄き　き
　　茶　ちゃ

あれ？　すずめたちもまたいっしょに
　黄き　ちちち
赤　茶　ちゅちゅん

いつのまにか夜空にも
黄金《おうごん》の銀杏

薄の穂波の
銀河ゆれ
星波に
すずめの夢にも
いちめんの

紅葉
赤　紅《あか》　朱《あか》
茶　金
黄　銀
あか　あか　あき
あき　あかあか
赤
紅
朱
虹
秋
雪蛍《ゆきほたる》
ああ
と

想い
を
ああ
と
意《い》気《き》身《み》
憂《う》苦《く》無《む》夢《む》
悲《ひ》志《し》未《み》死《し》
生《き》希《き》輝《き》
詩《し》美《び》海《み》
無《む》私《し》雪《せっ》花《か》
ゆきの
はな
ゆきうちゅう
ひとひらひとひら
ひるがえり

眩しく硬く
冷たく痛く傷つける
灰色の
雪宇宙《ゆきうちゅう》の
雪片《せっぺん》は

なりそこないの
微笑み
ハッカあめ
かみ砕かずにいられない
ざらざらあまい
薄幸モザイク
悲しみの
発光もろい
結晶
なの
だという

溶けることなく
からまりほつれ
どこへともなく
あなたとわたし

ふりしきるほど
しらじらまぶしく
うすらいでゆく
ゆきほたる

雪宇宙の
かなしみのしらべ
ゆくえしらずの
せっぺんは

みかづきなみだ、バラード

第一番　月色氷景色《つきいろこおりげしき》

みずみずしく
ふたたびみたび
あらわれうち寄せ
きえてゆく
湖のやわらかな
水辺の

三日月の黄の
岸辺の
水音《みずおと》

泣き
洗われ
静まりまた
浮かべ宿し
ほとりに
湛え
こぼして

ぽとり
ぽつり
ひとり

冬のやみ夜
かたくかわき
凍えてしまう
瞳と

添い寝し
うるおう

ひかりの

波音かすかな
さまたげられない
眠りの湖の
波まの
涙にどうか
なれますように

コロナの真冬
凍りつく夜空の
湖面の
氷に映して
三日月だけが
伝えてくれた
あなたの

樹氷にかこまれた
湖面の
ざらつく
氷雪《こおりゆき》まぶされた
宇宙景色の
底

ふかくの
いとしい
月色《つきいろ》の
水音

第二番　星砂波音《ほしすななみおと》

三日月あんなにぬれていたのは
あなたのせいではありません

あなたのしたまぶたに満ち
またたくたびあふれおちる
なみだのせいではありません

三日月しくしくすすり泣くのは
あなたのせいではありません
みみたぶのおくのどのおく
むねのおくにうちよせるくるしい
おえつのせいではありません

暗黒の新月の瞳さえ

ふりかえりふりむくと
憂いの翳りのまるみに
虹のかたちの
ふちどり

なみだみかづき

一夜人世《ひとよひとよ》
ふくらんでゆく
みちてゆく
悲しみは

太陽のせい

けして
まつげにふせた
瞳の
なみだみかづきの
かなしみの妖精
優しい
あなたのせいではありません

極悪外道《ごくあくげどう》汚濁異臭の、

白日《はくじつ》悪夢、
けして、
あなたのせいでなんか。

けれども
この世この夜《よる》
この地月《ちつき》夜空どこにか
わからず

みあげること
だけは
しよう
あなたと
ほんとうに

美しいもの

なみだみかづき
ゆがみ
にじめば
宙《そら》の黒壁《くろかべ》
ゆらめき
まばゆく

虹いろ音楽の
おおろら
うちよせる
星砂の
この浜辺で

紫のそのむこう
おぞんそう
切り裂き
射される
線
みえずにあり
放射され
曝される
線線線
とらえられず
浮遊し
付着し
とらわれ
むしばまれる
ウイルスウイルス
ウイルスに
とりかこまれても

だいすきな
海のあおの
まるみを
抱き
きえる
あかい
夕映えの
浜辺で

生まれた
地
ここがあなたと
生きて
いる
星
生きて
ゆく
時《とき》
瞬きの

ゆめ ゆき

コロナにいじめられないよう
白いマスクにちいさな顔じゅう
おおわれても
おおきな声で
モンシロチョウチョのように
もつれあい舞い込んできて
子どもたち

おとこのこ
「あのね、あのね」
おんなのこ
「ゆきー、ゆきー」
おとこのこ
「そうだよ、あのね」
おんなのこ
「ゆきー、サンセイチくらい、
　こんなおおきな、ゆきー」

そんなにおおきな、
そうか、

そうだ、

純粋な目
くもりない瞳に
ゆきもふくらむ
ゆめにひらかれひろがる
こころに
かがやきまぶしく
ふくらんでくれる

もうサンミリにもぼくには
なってくれないけれど
ゆき

若かったあの日の母の
まっ白な微笑み越しに
乳母車《ベビーカー》からみあげた
生まれて初めての
ゆき

サンメートルよりも
もっとずっとおおきく
なってくれた

優しい
ゆき

思い出したよ

おんなのこおとこのこ
ゆきもきみの目
ゆめが
好き

きらきらしてる

踊る 躍る

きみは踊る
おどるおどる

こねこ白うさぎ
子鹿小鳥になりたくて
風に光に

青空に溶けたくて
きみはまわる
まわるまわる

三角平行四辺形
円柱三角錐《さんかくすい》
四面体六面体
十二面体
無限多面体
回転静止球体
純粋時空無体に
めたもるふぉぜする

地平線を
水平線に
結んでめびうすの
わのリボン
くるん

崩れ落ちそうな
くるしみもかなしみも
さびしさもいたみも
なみだも
星の海とともに
そっと
くるみ

きみと躍る
おどるおどる

息をのみ
息をとめ
息をして
いのち
かけら
まぼろし

瞬結する

かなしみのワルツ

鍵盤もほそいゆびも
髪もうなじも

瞳もあなたの
かなしみの
ワルツ

♪♪
♪

こころるいせん
どうして
ぽろぽろ

ワルツして
しまうの
だろ？

まるでまいごの
ぴあのの
子犬のよう

ぽろぽろ
しょぱん

光と影の
白黒鍵盤
どこまでどこまでも

ぽろぽろ
わんわん
行ったり来たり

弾んではずみ
澄んでゆき
音色《ねいろ》まばゆい
おんぷもようの
雨だれ世界

♪♪
♪

かなしいあなたの
ワルツになりたい

めくるめく
ぜつぼうの
きぼう

♪♪
♪

きこえてくる
空から音楽
♪♪
♪
ふりそそぐ
♪♪
♪

だいじょうぶ？

だいじょうぶ？
ってあなたがきいてくれるから
だいじょうぶ
なんてあんまり
おもえないけど
声にならなくても
うんと
うなずくようにやんわり
こたえてみる

おもくふかく沈めるばかりの
錨にはなりたくないよ
あぶく玉のようにせめて
浮かんでゆきたいよほんわり
風船の
風の輝き
あなたにみせたいよ

陽光に翼とけて
イカロスのように
堕ちて沈んでもいいから
壊れてすぐ消えてゆく
シャボン玉で
いいから

なんにもない空
あの空いっぱいに
音もなく
浮かんで消える
音楽
むすうの透明な
涙だまの

光のささやききかせたいよ

だいじょうぶ？
ってあなたのやわらかなまるみに
こだましてみる

うつむきかげんにふせた
まつげのおく
かくそうとしていたかなしみを
ふりおとしたいとあなたが
なんにもない灰色の空を
なにげなく
ふりあおぐとき

壊れて消えたあとにさえ
消え果てることもできず
のこされたままのわたしのささやかな
かけらが
むりょくむごんのまま
ひるがえり
こくうに
むしょく透明な
風文字《かぜもじ》を

そっとつづり
愛《かな》しく優しいあなたのその
まなざし
瞳を
やわらかにつつみ

水色の
こだまを

ささやき
さざめき
おくりかえせる日が
ありますように

呼び醒まされ
鼓動し
呼び交わしあい
呼応する
シャボン玉むすうの
壊れて消えない
こだま

だ
い
じょ
う
ぶ
？
。〇
。〇
って
あなたに

宙《そら》のあなた

澄みきる音色《ねいろ》とリズムばかりの
意味色《いみいろ》に濁らない
旋律のままにまに
すくわれ溶かされしずけさへ
ゆけたならよいのに

眠りとも夢とも
死とも詩とも生ともあらたな
目覚めとも有《う》とも無とも
決めつけられず

音楽
とも
気づかずに

音楽にあなたは
なりなさい
音楽に
なりきりなさい

音楽と
おやすみなさい
生きなさい

囁きも吐息も
あなたがいま
めくっている
楽譜

横たわり
めぐっている
星の間《ま》の
めくるめく
音楽

美しいかどうか
なんてたぶん
星が
みまもり
拍手してくれること

あなたの
宙の

あなたの
夜想曲を

あなたの
悲しみ
なんてたぶん
あなたの

星だけは
いま
星の間いちめんに
あなたと
泣いて
くれていること

白い花

おやすみ。
枝先ちらちら
まばゆく溶けてく
冬の純白

雪の精

枝風にゆらら
まどろみのまぶたまつげ
こぼれる微笑《え》みきらきら
白の純真

おはよう。
こぶしの花

問い

生まれることは、
生きる機会を等しくえる始まりではなく、
差別の始まりなのでしょうか？

生まれたものが等しくえる機会は、
死ぬことなのでしょうか？

生まれてきたのなら生きるための機会を、
等しくえられるのが、
人間の社会ではないのでしょうか？

おこない

そのような人間の集まりがあったのか、
あるのかありえるのか、
誰も確かにはいえません。

ただそのことをねがいおこなう機会だけは、
等しく誰もにあります。

ねがいおこなうことが、
生まれてきたものの群れのなかに
生まれてきたにすぎないものを、
人間らしくもその名に値しない物にもします。

ねがいはおこないです。

それは人に生まれてきたものあなたにできること、
弱いものあなたにしかできないおこないです。

おこないのあらわしかたは等しく誰もに
自由です。

等しくえる死までの等しくないあなただけの
自由です。

圧制に抗い殺される
自由な人の死に、
こころ痛め悲しみ励ましとして
自由を。

こころの
白い花を。

季節すこし間違え
早咲きして
ぶり返す寒さに

耐え
待ち
薄汚れても

こぶしの
花

純白

自由を
仰ぎ

軍のやましい銃弾に
倒れても

誇らかに
香りたかく
清らかな

あの人たちの
優しい思いの
とうとい
かけがえのない

青空へひらく
いのちのよう

花を愛する人は

散り
失われても
愛する人

白い花を

けして
忘れない

ミモザのこみち

アカシア
どんな花だったっけ？

吹きこぼれる花ふさの
泉を見つけた散歩道
あなたに
伝えたいと思った

アカシアかな？

送ってくれた
写真の
アカシアのような
この
花
ミモザだって
気づいた

ミモザやわらかに
波うつ
黄の
花ざかり

確かめにきてこのあたり
なぜか樹《き》も花もなにも
もうないんだ

ここじゃない場所
ずっと遠いどこかでいつか
見たんだっけ？
あちらがわの世界から
ちらちら
誘われたのだろうか？

もう
思い出せないんだ

ひたいにかかり
くびすじへ流れかろやかに
ときおりかすかな風に
ふっとふくらみ耳たぶを
くすぐる長い
髪の
花ふさの
波きらきら

花かげさがしさまようこみちに

うしろ姿の
あなたを

見つけた
気がした

ミモザひかりまばゆい
憧れのあの世界への
あなたへの

扉

黄の金の
花飾り

光きみどりの歌

ちぢこまり冬にかたくまるく
閉ざしていた羽ひろげ
風と光のまばゆさに
おどろいて

花も若葉も
ふっと想い浮かび
ふくらみはじめる初めての
メロディー
くちずさみだす

春風もよう
ひるがえる花びら
光きみどり

生まれたばかりの葉むら
くすぐったくてまぶしくて
あなたの
髪とまつげと耳たぶ
くすぐり
ささやきかわす

なつかしい
記憶はるかな
花ことば
やわらかな
木《こ》の葉の歌

むかし
花だんにかがみこんで
かわしたあの
花びらの
花の子たちの
花のくちびる
花の耳たぶ
あの花の声

木の枝から
ふりそそいでくれた
葉っぱの優しい
音符たち

いまも
あの日のまま

こみちの子ネコもワンコも
野ウサギ子ヤギ北キツネも
木ツツキ子ジカのバンビも
子ダヌキも
いま

光る
風に

立ちどまり

あおい空
ふりあおぎ

なつかしい

子守歌に
こころ澄ませる
（無抵抗な幼児に軍が銃うつ
おぞましいジェノサイドの世でも
ありながらも）

花と木の葉だけは
どんな生きものにだって
悲しいけだものにだって
話しかけ
歌ってる

あえた　なら

うぶ声をあげ目をひらき
はじめてみた
はは
このよ
このいえ
しゃかい

こっか
しゅぎ
しゅうきょう
えきびょう
ふんそう
せんそう

はじめての
はだかの声に
いみも
つみも
あるものか

時空うちゅう
月のとなりの
球体
たまたま
そこここだっただけ

ひといきものを
断罪
なされるひとさまは
えいえんのかみさま

えんまさまで
いらっしゃるのか

ひらかれた
ひとみ
くち

その血で

いみも
むいみも
つみも
わざわいも

みつめ
あい
みとめ

あえた

なら

星の惑い

つつまれ
地獄さえこの地さえ
天界

汚濁の世ここも
清澄な水紋の
音階
ひそやかに
たたえる
星界

織りかさねあわせる
祈りのゆびのまるみに
こころのうすい鼓膜に

醜美の果ての
静謐な調べの
音界

すくいとり

この渇き
うるおそうと

仰ぎながらも
すぐそば
いまここ
地の
生きもの
ひとの
さびしさと
くるしさと
悲しみ

痛みに
澄み
響き
ゆれる
こころのみみ
失わずにいよう

満天の
瞬き
惑う星に

宙づりに
ぶらさがり

涙さえ無重力
落ちもせず
さまよう

この星の楽譜を

プレリュード

伝えたいのに楽器
うまくひけない

あなたは
かなしみ
しずかな
音《おと》

わたしさえ
きれいに
あらってくださるのに

やすらかに
　息

しずめてくださるのに

伝えたいのに星の楽譜
うまくひけない

土と水と、空

悪ばかりがのさばる息苦しい世にも
救いの物語はあり
水球《すいきゅう》のように
浄化され昇華された
世界宇宙は
こころのうちそとに手のひらのように生まれ
浮かび　花咲き　伝わる
わたしはこの地に根差した
紫色と茶色のよりあわされた
ひともとの茎

ねじれ
青空あおぎあえぐ

苦と悲と悪の土底《つちそこ》深くのび
はりめぐらした細かな数しれない根を
ひきぬきちぎる痛みには耐えられそうになくて

みじめにもじめじめいじいじ
美しい慈しみの
宙《そら》の高み
恋い
慕い

裂けた唇の花から
かたちも音も意味も重みもなんにもない
透明水膜《とうめいすいまく》宇宙
しゃぼんだま
水風船《みずふうせん》
ふくらましうちあげては
こわして

（おやおや
　どこへのびてゆけるつもりですか？

どの空へとどくものでも
とんでゆけるものでも
ありませんでしょうに）

ピエロ花

あんまりです

道化の草でも
かまいませんから

心音《しんおん》のかなしみの
こわれもの
あまりもの

せめてもの
ピアノ演奏
ピエロ曲
道化の
童話

花空《はなぞら》の
あなたへ
ささげます

（どうか
　とどきますように）

もっとずっと
音楽になれたらよいのに

みえない羽に
そっと
花に

なれたらよいのに

フルート

そうだあのころ子どものころ
横笛吹きになりたかった

恋にくすぐられあの子

恋しはじめたあのころ
横笛の音《ね》になりたかった

あの子も笛もゆめも
なくしたけれど

フルートの音《ね》に
いまもなりたい

おどりまわるまま
湖の透明なゆらめきに溶け生まれ変わり
はばたき舞いのぼる
白鳥ののどのふるえのようにも
ゆめうつつのまま

メヌエットの
旋律にとけ

フルートのあの音色に
せんりつにきえて
たかく
とおく

ゆきたい

果ての海のマズルカ

深く不快な腐海心海深海の
底にも
けだるげな苦いリズムの
マズルカばかりは
響くのだという

さしこんでくるはずもない
わずかな光に感応し

重い波にもゆるやかな
鼓動を
躍りを
うながし
呼び覚まし
励ます
のだという

それもこれもとおい
海の底のこと

あおい水平線の
あかい夕焼けの

それもこれもとおく
どこまでもつづく
あなたと愛した
海のこと

日暮れ世界が閉じられるまえに
キャンバスくまなく
暗灰色の下塗りの
そのうえに

憂うつの
マズルカぬりたくる

自然彩色のチューブ絞りだし
パレットに
赤緑黄色金銀紫菫色
色とりどりの無数の

虹の
果て

無限階調の
光彩色を
幻視すれば

仕上がりは
とめどなく
まっ黒

どうしようもない

底深く意地悪く色を失う
暗黒のその
どん底

ふいに
黒が白に
闇が光に

変異してしまい
美しく輝かずにはいない

色彩の
音楽の
海も
あるという

かならず
あると

とおく
愛した

記憶がいう

波の色も潮騒《しおさい》も
あおくかがやき
マズルカ

愛した
かった
愛された
かった
生きものの

かすみ草

芸術者、広い意味での、
詩人にさえとりえが、なにかしら、
意味のかけらが、
のこされているのだとすれば。

傷みやすさ
ばかりだと思う。

痛みながら初めて
解き放てるものは、
香りか
腐臭。
美か
醜悪。
善いと呼ぶことをゆるされるなにかか
害悪。

悼みうなだれつつ

枯れゆく姿ばかりは、

あやふやなあやうい
その幻、
ゆらめきの
嘘。
闇をも、

はかなさの極まりで
真《まこと》の
光の
花。
愛が。

ここではないどこかには。
かならず。

いま激しく
咲き生き散り息
絶えるかのように、

信じられずとも
殉じずにはいられないと、

かすみ草のような
かなしみに。

目眩み、
ふるえ、
透かし彫りに

されながら
傷む。

みえずにある
こころ
戦慄する繊細な
細密画の旋律に
磔《はりつけ》に

されて
痛む。

悼む。

いたまずに生きること、
ばかりはゆるされず。

かすみ草の
花嫁のように。

息、られる

息をつめるようにしか
生きられなくて、

息苦しくて、

つらい
と
悲しいあなたは。

あなたはきっと、

息をのまずには
息をとめずには
しること許されない
瞬間を

生きられるひと、
息をつめるように
息苦しく

とめてえいえんの
ときを
とめて、
生きられる、
ひと

悲しい
あなたは。

られるられるる
らりるるれろ

息苦しく
息つまりつつ

られるらりるる
らりるるれろろ

ほらまだ
息
できる
生き

られるるれろ

（酔ってはラリってはおりません
醒め目覚め生真面目に）

られるるれろろ

悲しくとも美しい歌
ながれろ

あの梢の
小鳥たちのように

るり　るりり

天の川のささめき
星の子たちのように

ららら
ららら
ら　るる
らら

あかく澄んでゆき
秋

りり

透明な
羽音《はおと》

りりり

祈りのように

りり

るりり

ら　るる

らら

めざめ

雨音《あまおと》？
小鳥のさえずり？
せみかな？

ねむりの海底《うなぞこ》うかびしずみ
まどろみの波まの目覚め
閉めわすれた枕もとの窓
しめやかな明け方の空気

鳴いているのは秋
草むらの虫たち

ありがとう
ねむりもせず
看病していてくれたの？
しらずねむりに落ちた真夜中のまま
まどろみもせずすぐそばで

夜どおし生の渇きを
交わし満たしていたの？
星ぼしと瞳みひらき輝かせて

生まれはじめて母にみつめられ
目をみひらき母をみあげた目覚めの日
どこかの地球
ちがうせかいで

わたしは目を閉じ
ねむりに落ち
さよならしたのだろうか

みまもられみとられながら
雨に小鳥にせみに虫たちに星ぼしに
母に愛するひとにかみさまに

ひとり目を閉じ目覚めのないねむりに落ち
さよならするそのとき
わたしはみとられたことすら忘れ
しらずみまもられ目覚めるのだろうか

さよならした愛おしいせかい

雨の音？
さえずり？
せみ？
こおろぎ？
えんま
あくま？
かみさまほとけさま
かんのんさままりあさま？
母？

星？
涙？
波？
海？

きみ？
あえたの？

うまれる？
ねむる？

暗闇の星の傾きかげん

まぶたのおく瞳の
ひかりの溶かしかげん

枕もと
愛もとめあう
虫の音《ね》

目覚めればたぶん
ときは朝
四季はコロナ
戦場の星

もどれば
ゆめ？
ちがうどこか
とおいどこか
しらないどこか
なつかしい
たいせつなひとに
愛に
ゆける？

ねむりたい

あたたかな
ゆきのせかいに
めざめたい

交信

往信

わたしのもの
あなたのもの
わたしからあなたへ伝えるもの
あなたから受けとるもの

あなたのものとわたしのものが
響きあえることを願って
あなたとわたしのものが
生まれることを夢みて

一人の心から一人の心へ
ひそやかに真率に大切に

心を込めて
伝える
手紙

愛

詩

返信

海辺の白い壁の窓に
高原の草原のテントに
山岳の尾根みあげる谷間に
砂漠のオアシスの木陰に
森と林のコケと草花に
海と川の砂と岩と波間に
朝焼け
夕陽
月夜
星空に

ヒト　インコ　ネコ　ワンコ
チョウ　アリ　セミ　バッタ　コオロギ
ヘビ　カエル　モグラ　リス　モモンガ
スズメ　ハト　ツバメ　キツツキ
ウシ　ウマ　ブタ　ヤギ　ヒツジ　ロバ
キツネ　タヌキ　サル　ゴリラ
ゾウ　カバ　キリン　トラ　ライオン
チドリ　カモメ　ウミウ　ツル　ハクチョウ
シジミ　アワビ　ハマグリ　ルリガイ
ワカメ　サンゴ　ヒトデ　クラゲ　イカ　タコ
メダカ　イワシ　サケ　カツオ　マグロ
アザラシ　トド　ジュゴン
ラッコ　イルカ　クジラ

ペット家畜害虫野獣海獣
草食肉食雑食
なんとよばれようがよばれまいが
しられようがしられまいが
生きものの
生と
愛と
死

旋律、月の光

疲れきった旅人の
よたよたたどる
細い道の向こう

断崖ゆきどまり
登りようもない絶壁
渡りようもない川

あんまりにも
つらい

自己満足わがままの
現代
音楽もどき
自己陶酔語意喪失の
現代
詩もどき

細ぼそと
途切れそうでも途絶えそうでも
曲がりくねり
迷宮の
メビウスの輪でも

切れずつながっている
まだゆけるたどれる
と
しんじ
みつけ
かんじ
たしかめるあゆみ
音楽の

旋律が救い

旅人の
放浪
さまよいの
さいごの
あがきの
うた

詩の

韻律が救い

みあげれば
みちびきの
星
ちんもくの
しらべ

ゆくさきもなく
あふれて
しまうだろうに
滴
あんなにも
満月

あきもせずに
くりかえし
秋の
名月

なんてきれいな

くやしくも
澄みきり
ウサギ
おおぞら
わたる

無限ドロップス

冷たいまなざしでふりかえる
人類史
まともな世界の詩人は現世の
落伍者だった。
貧乏人
底辺者だ。
金持ちには邪魔もの
反抗期を生涯抜けださない余計もの。
なんて情けない
悲しい生きものなんだ。

二十歳でわたしは落伍した。
落ちこぼれ
ドロップアウト
ドロップス。
あめ玉のかわいい響き。
レールをおりた。脱線した。
意志的に踏み外した。
下方向へ翔んだ。
無重力遊泳で惑星を周回してもどった
ふりした。
三六〇度エビ反りになって、それでも
生活した
詩を書いた。

詩人は金持ちの敵
貧乏人の友
弱いものの味方だ。
アミターバ遥かな嘆きの星
ピエタの悲しみの星を球乗りする
ピエロの仲間だ。

力にとらえられるな

よろめきふらつき
無方向へのでたらめな
無限ドロップス。
自由へ
跳ね散れ。

白じらとした宇宙を
周遊し
泣き
さまよえ。
たどりつけそうもないゆきたいところへ
ゆけ。

追伸

ぬぐいまぶたあければ
ちらちら頬をくすぐっていたのは
おびただしくまぶしいほどの
雪片

ひとひらひとひらは

天の川のたわわな透明ブドウつぶ
星つぶ
涙つぶ
氷つぶ

かとおもえましたが
わたしの瞳の水滴までもが
凍りついていたからで

どうやらほんとうは
暗黒宇宙樹《うちゅうじゅ》の
黒々とした枝枝に
結晶し
輝く
銀河群

悲しみの
極点の
葉むら

こなたあなたかなたへ
果てしなく
暗黙する

宇宙樹氷の
原生林。

たちすくみ
目をみひらき
息さえ凍らせるばかりです。

ひよこ月

ピヨピヨなくばかりの
ヒナでした
わたしも

夜空たかく
三日月
まばゆいほどに
ピヨピヨと
まるであの日のわたしのよう
なぜ他をまもるのか
まもろうとできるのか

まるで益にならなくても

遠いとおい起源から
まもられてきたかすかな記憶の
ふりつもりの果ての
こわれ溶けそうな
いっしゅんの
結晶の
雪
はかなく
きえてゆく
ひかりが

まもられてきたあなただから

と
三日月こな雪
ふりしきり

ピヨピヨ
かなたあおぐ

夜もなく昼もなくいつからか

やむことなく
星吹雪《ほしふぶき》

いみもなく
ピヨピヨ
なきたたずめば

ははのはね
羽毛の
真綿なつかしく恋しい
星雪景色《ほしゆきげしき》

月の目

鏡
堕ち窪んだ眼窩《がんか》

ふたつ
満月

○

死んだ目

生気も精霊も
大気も
水も
なんにもなく
ぽかり

静かの
海

光だまり
影だまり
ただ黙り
宙《ちゅう》に
みずみずしく

生きた目

○

そらの
あのまるは

いりぐち

○

うすれよわまりゆく羽音《はおと》
ゆれかがやくすすきの穂波のもと
ともにあのわかれの

月の音《ね》を
聴け

悲歌

あの夜《よる》にもこの夜にも
ひと想い
泣くことばかりがわたしの

すべてでした

あの世でもこの世でも
花と
ゆらめくことばかりがわたしの

朝のひかりにも
夜のひかりにも

花の瞳はひっそり
ぬれるもの

かみのものともあくまのものとも
みわけがたいめぐみとものろいとも
わかりようもないおうぼうにさらされ

あの夜にもこの夜にも
あの世でもこの世でも
しおれねむり
めざめゆらゆら

ひと想い

泣いているばかり
咲いてるばかり

生まれたとき
芽生えたとき
目をみひらいたあの日
であえたよろこびの日
から

さようならの
じゅんびの
花びら

ひとひらひとひら
てのひらで
ていねいに
そだて

だいて

ちるその日そっと
むかえ

なみだながす

わたしは生きてゆくかぎり咲けるかぎり
あなたにはあなたのそばでは
微笑むけれど

笑うという
みずみずしい
優しい気持ち
ほんとはもう
なくしてしまったの
と

朝なのか夜なのか
うすくらがり
ひそやかな
美しく愛《かな》しい
スミレ
うすむらさきの
愛する花のひとは
渇ききった
声で

さびしく

話してくれたのです

ぼくも
あなたから奪われた
笑いなど
忘れても失ってもかまいません

から

咲いていてください

どうか
くださいますように

夜にも朝にも
この世にも
あの世にも

おちゃめな月紅葉《つきもみじ》

三日月滑って
空のうえで
空をみあげて
寝ころんでいた

夜空では月蝕中

「夢も希望もないあなたに
ふくらむ希望を
望月《もちづき》へと
ふくらむ姿を
見せてあげる

影があるから
わたしはふくらむ
暗い闇夜で
わたしはふくらむ

ひとときばかりの
影風船であろうと

望月へ
わたしはみちる

なんどでもしぼみ
ふくらめ
闇夜にもやがてまた
満月」

空に
うかぶ
りんかく
この星の
横顔
影

「まわるわたしはほんとはまるい
でこぼこでたしょう
ゆがんでいようと
欠けてみえようと
新月も三日月も半月も
おちゃめな影の幻です
影に蝕まれ欠けて逝《ゆ》くのを

闇にのまれ沈んでしまうのを
恐れなくていい

秋の山なみがほらいま
紅葉《もみじ》してゆくように
星のかがやきをあび
影も染めてあげなさい

それでも星はまわる
まわる星はまるい
ほんとはわたし
いつも満月

影も闇もおちゃめな
うつろい」

月にさとされた
夜でした

こころも月蝕中

月紅葉
染まる夜

星花火《ほしはなび》

冬の蚊、だか、
冬のハエ、だか、
さびしいタイトルの
詩だか短編小説だか、
あった気がする

冬の花火。
なんだか誰か
名文を
書いてた
気もする

街路樹も
ふらんすの
ろくでなしの
ランボー詩集
イルミナシオン

夜空には
ひろく
ふかく

凍る涙か
あいもかわらず
かなしくもきれい

冬の

星花火。

そうだ
星は
あそこで
熱く
燃えて　まだいるか
燃えて　もう死んでいるはず

光の速度で
ゆっくりいま
この星に
ことづけくれてると

科学は断言する
でもほら
あそこで

凍え
ふるえ
滅び散り
凍ってしまう
線香花火の
滴にしか

このこころには
みえないよ

美しい
涙つぶにしか

。

けせらせら
それはそれ

こころは
真冬夜空

だから
だと

如是我聞《にょぜがもん》
そんなふうに
わたしは聞いた

遠い昔からずっと
語り継がれている
気がする

氷紅葉《こおりもみじ》

生きるためだと息をつめ
目を開けながらなにも見ないように

時をできるかぎり薄め
さらさら過ぎ去るように
疲れるためであるかのように
自食するかのように
あげく疲れ果てて

すがりつくように
あの美しい
秋の赤と黄に燃える葉にせめて
なぐさめもとめみあげると

モミジモミジもう
あるはずもない

瞬く間もないなんて
想うこともできず
過ぎ去る散り姿
見送ることもできず

モミジモミジもう
この凍える季節に
あえるはずもない

痛みばかり傷みばかりではひとも
　生きられません

あたたかみが生きものに
息させるように
あまみもいのちの
ともしび燃やすから

枯れ散り地に堕ち
土まぶされ埋もれても

氷砂糖
氷菓子のように
氷土《ひょうど》の底深く
赤く黄に
星色《ほしいろ》に
ふるえ瞬く

凍り紅葉
氷花《こおりばな》の星と燃え
いつか
よみがえる日を

モミジモミジ
痛く硬く美しく
あまくあつく
光おびる火を

ピリカ、美《い》い鳥

銀の滴のまわりに

耳を澄ませ
流れてゆけばいつか
洗われることもありえるような

しらべに溶けいりたい
とだけおもえて

どれほど激しく叩いても
ピアノの弦
減衰してゆく
星くず
悲しく砕け
愛《かな》しくつらなり

発光する

吹きこまれる風に
フルートふるえ
あこがれてゆくはるか
あの空のむこう
聖水の流れ苦しく
息をつぎ美しく
息絶えるまで

ぴりかぴりかぴあの
ふるふるふるうと

星の滴に
ぴりかぴりかぴあの

青空と風と水の滴に
ふるふるふるうと

小鳥とひとの涙の滴に
ぴりかぴりかふる　ふるる

ピアノ

かけあがりかけくだれ
無限音階の透明鍵盤
ときめきの連弾
きらめきのきわみの自由の
静けさまで

無限調性グラデーション
音色《ねいろ》めくるめく時空の果て
色彩の彼方へ

白鍵と黒鍵にタッチする指の
爪のその先へ延びてゆく弦の
平行線　三角錐《すい》　交錯線
五線譜のシルエットの水平線
思い浮かべ
愛おしみ

フェルトの綿毛にくるまれふんわり
ふれたたくハンマーの指先で
虹色の音色のプリズムの
みなもとさがしもとめ

すくいあげつまびく
ハープに
憧れ夢み
目覚めて

強く弱く激しく優しく
脈動のしぶき
旋律の滴に
ふるえる虹を
立ちのぼらせたいとだけねがい
仰ぎみて

ピㇼカぴあのピュア

泉あふれ響き流れ
ゆきたい
とおく
はるかへ

ピアノぴりか
ぴあのぴゅあ

フルート

ふれるほどまぢかに
ふれえない笛に
くちびる
くちづけず

しめつけられるまま胸の
苦しみのきわみの
息吹きこみ

くりかえしふかく
息吸いこみ
愛《かな》しみのきわみの
息また吹きこめば

胸いたむばかりの
せつない
ねがいでさえいつか
音色澄みきり

ピリカふるる

さえずりに
美い鳥に
生まれ変わり

ピリカるる

舞いさって
ゆけるでしょうか

音符のことりたち
みえないなきがらの
このたましいさえ
なかまにいれて
ともに
とおく

ふるる
り
り

飛んでいって
くださるでしょうか

メヌエット

ピアノの滴
横笛の音《ね》の
子どもたちもふるえる

風と光の花
咲きささめき
舞いのぼり

ことばの生まれるまえの
透きとおる
ことばで

生まれあふれでた
あの日の泉
浮かび波間であおぎみた
青空
海の瑠璃《るり》
交わり溶け
いつまでも
いつまでも

輪唱する
生まれるまえから
生まれ消えても

風と水と光の
透明旋律
純音《じゅんおん》の
メヌエット

奏でつづける

ピﾘカ
る
り
ﾘ

＊ 知里幸恵『アイヌ神謡集』「銀の滴降る降るまわりに」
Pirka chikappo！kamui chikappo！　美い鳥！　神様の鳥！

かなしみ

かなしみにしずみ
どうにかたえ
なんとかのりこえ
ようやく

みつけたものは
愛《かな》しみ

なつかしいあなたでした

著者プロフィール

高畑 耕治

たかばたけこうじ
1963 年生まれ。大阪府四條畷市出身。早稲田大学中退。

著作
詩集「銀河、ふりしきる」(2016 年、イーフェニックス)
詩集「こころうた　こころ絵ほん」(2012 年、イーフェニックス)
詩集「さようなら」21 世紀詩人叢書 25 (1995 年、土曜美術社出版販売)
詩集「愛のうたの絵ほん」(1994 年、同上)
詩集「愛 (かな)」(1993 年、同上)
詩集「海にゆれる」(1991 年、土曜美術社)
詩集「死と生の交わり」(1988 年、批評社)

ウェブサイト
愛のうたの絵ほん　高畑耕治の詩と詩集　http://ainoutanoehon.jp
愛 (かな) しい詩歌　高畑耕治の詩想

絵 (カバー・章扉) 渡邉裕美　http://www.mizuno-art.com/
装丁　池乃大

詩集　純心花《じゅんしんか》

2022 年 3 月 11 日　初版・発行

著者　高畑耕治
発行元　イーフェニックス Book-mobile
〒 160-0022　東京都新宿区新宿 5-11-13 富士新宿ビル 4 階
電話番号　045-465-4011
発行人　渡邉智子

ISBN　978-4-908112-53-9
定価はカバーに表示してあります。
乱丁・落丁本がございましたら小社出版営業部までお送りください。
送料小社負担でお取り替えいたします。
本書の無断転載・複写・複製を禁じます。
© Kouji Takabatake 2022,
Printed in Japan